Renée Holler
Tatort Geschichte · Unter den Augen der Götter

TATORT
GESCHICHTE

Renée Holler

Unter den Augen
der Götter

Illustrationen von Günther Jakobs

FSC

Mix

Produktgruppe aus vorbildlich
bewirtschafteten Wäldern und
anderen kontrollierten Herkünften

Zert.-Nr. SGS-COC-1940
www.fsc.org
© 1996 Forest Stewardship Council

ISBN 978-3-7855-4949-0
1. Auflage 2008
© 2008 Loewe Verlag GmbH, Bindlach
Umschlagillustration: Günther Jakobs
Umschlagfoto: akg-images/Erich Lessing
(griech. Vasenmalerei um 500 v. Chr.)
Printed in Germany (007)

www.loewe-verlag.de

INHALT

EINE DRINGENDE BOTSCHAFT

„Ist es noch weit?" Lysandros war die staubige Landstraße leid. Der Zwölfjährige war zusammen mit seinem Vater Nikomedes bereits vor einer Woche von zu Hause aufgebrochen. Von Epidauros waren sie quer durch den Peloponnes gezogen, über felsige Bergpässe gestiegen, durch fruchtbare Täler gewandert und durch Flüsse gewatet, immer weiter nach Westen.

Der Junge war von der anstrengenden Reise erschöpft. Noch dazu hatte er sich in seinen neuen Sandalen die Fersen wund gerieben. Er wollte keinen Schritt mehr weiter.

„Kannst du den Hügel da vorne links sehen?", fragte Agathos, der dicke Kaufmann aus Korinth, der sich ihnen früher am Tag angeschlossen hatte.

Lysandros nickte. Der konische, dicht mit Zypressen bestandene Berg war kaum zu übersehen.

„Das ist der Kronoshügel", erklärte der Mann. „Olympia liegt gleich dahinter."

„Wenn wir dort angekommen sind", ermunterte Nikomedes seinen Sohn, „werden wir gleich in der neuen Herberge einkehren. Da können wir uns erfrischen und heute Nacht endlich mal wieder in einem bequemen Bett schlafen."

„Sie wollen im Leonidaion Quartier nehmen?", mischte sich der Kaufmann mit skeptischer Stimme ein.

„Warum nicht?" Nikomedes wandte sich dem Mitreisenden verwundert zu. „Soviel ich weiß, wurde die Herberge bereits im vergangenen Jahr fertiggestellt, rechtzeitig zu den Spielen."

„Das schon", erwiderte der Mann, während er sich mit dem Zipfel seines Himations den Schweiß von der Stirn wischte und seinen breitkrempigen Hut zurechtrückte. „Doch die Herberge ist für Ehrengäste reserviert. Gewöhnliche Reisende wie uns lassen sie dort nicht rein." Er hielt einen Augenblick inne. „Ihnen wird wohl nichts anderes übrig bleiben, als wie alle anderen ihr Lager unter freiem Himmel aufzuschlagen. Oder haben Sie ein Zelt mitgebracht?"

Nikomedes schüttelte den Kopf. „Wir haben Decken", erklärte er.

„Na, dann ist es ja kein Problem. Ich kenne eine gute Stelle zum Übernachten, nicht weit von der Altis, am Fluss unten."

„Aus dem Weg!", ertönte eine Stimme dicht hinter ihnen. Ein Mann auf einem Esel galoppierte vorbei.

Erst jetzt bemerkte Lysandros, dass plötzlich viel mehr Leute auf der Straße unterwegs waren. Reisende zu Fuß, ihre Bündel über die Schultern geschwungen, und berittene auf Pferden oder Eseln. Hin und wieder ratterte ein voll beladener Ochsenkarren an ihnen vorbei. Je näher sie der heiligen Stätte kamen, desto betriebsamer wurde es.

„Bei den heiligen Göttern!", entfuhr es seinem Vater plötzlich, als sie um die nächste Ecke bogen. „Der Zeustempel!"

Auf der linken Seite des Weges, hinter einer niedrigen Mauer, streckten sich gigantische Marmorsäu-

len himmelwärts. Darüber spannte sich ein mit Figuren bemalter Giebel. Der Bau war so riesig, dass die anderen Tempel, die sich daneben und dahinter erhoben, fast unscheinbar wirkten.

„Ob der Tempel heute Abend wohl geöffnet ist?", überlegte Nikomedes. „Ich kann es kaum erwarten, die berühmte Zeusstatue im Tempel zu besichtigen!"

„Die Tempeltore werden gewöhnlich bei Sonnenuntergang geschlossen", klärte ihn Agathos auf. „Sie warten damit wohl besser bis morgen."

Lysandros atmete erleichtert auf. Eine Tempelbesichtigung war das Letzte, auf das er jetzt Lust hatte. Ihn interessierte viel mehr, woher der köstliche Geruch kam, der ihm das Wasser im Mund zusammenlaufen ließ. An der Mauer, die die Tempel von der Straße abgrenzte, hatten Händler ihre Stände und Buden aufgeschlagen. Ein Blick genügte, und schon hatte Lysandros den Wurstverkäufer neben dem Andenkenstand entdeckt.

„Ich habe Hunger", teilte der Junge seinem Vater mit.

Nikomedes' Blick wanderte unentschlossen zwischen den Bratwürsten, die auf dem Rost brutzelten, und dem Gedränge auf der Straße hin und her.

„Wenn Sie nicht wollen, dass alle guten Plätze besetzt sind", gab Agathos zu bedenken, „sollten Sie sich zuerst einen Lagerplatz für die Nacht suchen."

„Sie haben recht", stimmte Nikomedes zu. „Die Schatten sind schon lang. Das Essen kann bis später warten." Und sie folgten dem Kaufmann zum Fluss hinab.

Später am Abend, als die Sonne längst untergegangen war, lehnte Lysandros satt und zufrieden am Stamm eines Olivenbaums. Um ihre Ankunft in Olympia zu feiern, hatte der Vater nicht nur gebratene Würstchen mit Erbsenbrei und Sesamkringeln, sondern sogar Honigkuchen als Nachtisch spendiert. Schläfrig sah er sich im Lager um. Sein Vater saß ganz in der Nähe mit Agathos und einer Gruppe von anderen Männern zusammen, die sich angeregt unterhielten. Nikomedes, der nichts lieber mochte, als zu philosophieren, hatte Gleichgesinnte gefunden. Eine Weile versuchte Lysandros, dem Gespräch der Erwachsenen zu folgen, doch seine Augenlider wurden immer schwerer. Die Stimmen der Männer wurden leiser und vermischten sich mehr und mehr mit dem eintönigen Zirpen der Zikaden. Doch plötzlich riss ihn die Stimme seines Vaters aus dem Halbschlaf.

„Lysandros!" Nikomedes schüttelte die lederne Wasserflasche dicht vor seinem Gesicht. „Die Flasche ist leer. Geh doch bitte zum Fluss, und hole uns frisches Wasser."

Schlaftrunken griff der Junge nach der Flasche und machte sich gähnend auf den Weg. Die kurze Strecke zum Flussufer war der reinste Hindernislauf, bei dem er um Kochfeuer, Zelte, schlafende und wache Menschen herumlaufen musste. Doch es war nicht weit, und bald hatte er die Zeltstadt hinter sich gelassen und den Fluss erreicht.

Das Wasser des Alpheios plätscherte leise über die Kiesel. Gerade als sich der Junge bücken wollte, um die Wasserflasche zu füllen, huschte eine Eule dicht über ihn hinweg. Er blickte dem Vogel nach, der mit einem lauten Schrei in der Dunkelheit verschwand. Erst dann bemerkte er die dunkle Gestalt, die ein paar

Schritte entfernt vor einem dichten Gestrüpp stand. Trotz der milden Nacht war sie von Kopf bis Fuß in einen Mantel gehüllt. Irrte Lysandros sich, oder starrte die Gestalt in seine Richtung? Verwirrt schüttelte der Junge seinen braunen Lockenkopf. Ohne die Person weiter zu beachten, tauchte er dann die Flasche ins Wasser. Als er wieder aufsah, rutschte sie ihm vor Schreck aus der Hand.

„Zeus, steh mir bei!", murmelte er, während er die Flasche hastig aus dem Fluss fischte. Die verhüllte Gestalt stand auf einmal dicht neben ihm.

„Du musst mir helfen", flüsterte sie, „und eine Botschaft an Stephanos aus Chalcis, im Leonidaion, überbringen.“

„Und wieso bringen Sie ihm die nicht selbst?“, fragte Lysandros, nachdem er sich wieder gefangen hatte.

„Deswegen.“ Die Person zog die Kapuze vom Kopf und enthüllte ein bartloses, feines Gesicht, das von langen Locken umrahmt war.

„Sie sind eine Frau!“

„Psst, nicht so laut!“ Sie legte sich den Zeigefinger auf die Lippen.

„Aber sind Frauen während der Spiele hier nicht verboten?“, wunderte sich Lysandros. „Steht darauf nicht sogar die Todesstrafe?“

„Eben“, fuhr die Frau fort. „Deswegen brauche ich

dich. Der ursprünglich vorgesehene Bote hat sich das Bein verletzt und stattdessen mich geschickt."

Bevor Lysandros die Gelegenheit hatte, etwas zu erwidern, hatte sie ihm eine Tonscherbe in die Hand gedrückt. „Die Nachricht ist nur für Stephanos bestimmt!", sagte sie eindringlich. „Er wird dich belohnen." Dann zog sie sich die Kapuze wieder tief ins Gesicht, raffte den Mantel bis zum Knie hoch und watete durch den Fluss auf die andere Seite.

Sprachlos starrte Lysandros auf das Ostrakon in seiner Hand. Es war mit kleinen Schriftzeichen beschrieben, doch der Mond war noch nicht aufgegangen und das Sternenlicht zu schwach, um auch nur ein Wort zu entziffern. Wollte er die Nachricht lesen, musste er erst zurück ins Lager, wo es ausreichend Licht gab. Er hängte sich den Riemen der Wasserflasche um und machte sich gedankenverloren auf den Rückweg. Was konnte so wichtig sein, dass eine Frau es riskierte, nach Olympia zu kommen? Oder war sie einfach nur verrückt?

Zurück im Lager breitete er seine Decke ein Stück vom Feuer entfernt aus, wo es nicht zu warm, der Schein jedoch noch hell genug war, um die Scherbe unauffällig zu untersuchen.

„So ein Mist!" Erst jetzt bemerkte er, dass er die

Schrift am Rand mit seinen nassen Fingern verwischt hatte. Doch auch die restlichen Buchstaben, die noch deutlich zu lesen waren, ergaben keinen Sinn.

Lysandros runzelte die Stirn und starrte auf die Scherbe. Plötzlich grinste er triumphierend. Nun wusste er, wie die Botschaft an Stephanos lautete.

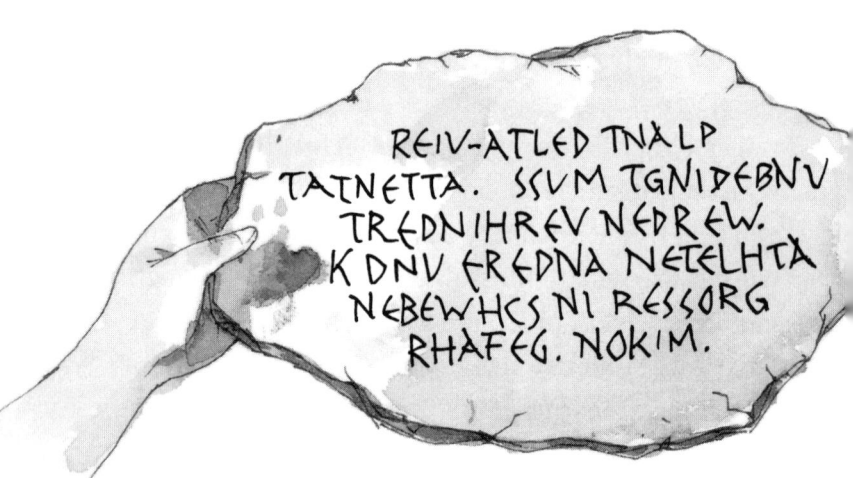

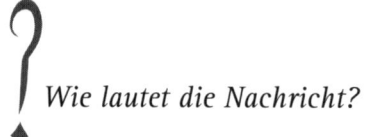 *Wie lautet die Nachricht?*

Einzug in Olympia

Attentat?" Eine Stimme dicht neben seinem Ohr ließ Lysandros zusammenzucken. Er hatte sich so auf die Scherbe konzentriert, dass er den Jungen, der ihm neugierig über die Schulter blickte, erst jetzt bemerkte. Der Junge schien im gleichen Alter wie Lysandros zu sein, auch wenn er nicht ganz so groß war.

„Sag schon", forderte dieser ihn auf. „Was meinst du damit, dass ein Attentat geplant ist und dass die Athleten in großer Gefahr schweben?"

Lysandros fluchte. Beim Lesen halblaut vor sich hinzumurmeln, war wirklich eine dumme Angewohnheit, da hatte sein Lehrer zu Hause in Epidauros schon recht.

„Woher soll ich das wissen?", erwiderte er schließlich und reichte dem Jungen, der sich unaufgefordert neben ihm auf den Boden gehockt hatte, die Scherbe. „Lies doch selber."

„Ich kann nicht lesen", erwiderte der andere verlegen. „Zum Ziegenhüten braucht man das nicht." Dann streckte er seine Hand aus. „Ich heiße Kallias und komme aus einem Dorf ein Stück südlich von hier. Das da", er deutete auf ein schlafendes Bündel, ein paar Schritte entfernt am Boden, „ist meine kleine Schwester Melissa. Wir sind nach Olympia gekommen, weil unser Bruder Theron übermorgen beim Wettbewerb der Jungen antreten wird." Er deutete auf die Scherbe. „Sicher verstehst du jetzt, wieso ich wissen will, was es damit auf sich hat. Theron ist einer der Athleten. Ihm darf nichts passieren."

„Na gut", begann Lysandros, der inzwischen beschlossen hatte, dass es sowieso besser war, jemanden einzuweihen. „Da war diese Frau am Fluss."

„Eine Frau?"

Lysandros nickte. „Ja, du hast dich nicht verhört." Und dann berichtete er Kallias von der seltsamen Begegnung. „Vielleicht wollte sie sich nur wichtigmachen", meinte er abschließend.

„Und was, wenn es doch stimmt? Meinst du nicht, dass dieser Stephanos davon erfahren sollte. Und mein Bruder! Ich muss ihn morgen früh unbedingt warnen."

„Wenn es dir so wichtig ist, wieso warnst du ihn dann nicht gleich?", fragte Lysandros.

„Weil er noch nicht in Olympia ist."

„Was? Da muss er sich aber beeilen, wenn er rechtzeitig zu den Spielen hier sein will."

„Keiner der Athleten ist in Olympia." Kallias betrachtete Lysandros erstaunt. „Weißt du denn nicht, dass alle Sportler vier Wochen vor den Spielen nach Elis müssen? Das liegt zwei Tagesmärsche nordwestlich von hier. Dort trainieren sie täglich von früh bis spät. Inzwischen sind sie allerdings von dort aufgebrochen. Morgen früh werden sie feierlich in Olympia einziehen." Er hielt einen Augenblick inne. „Kann ich die Scherbe haben?"

„Klar", erwiderte Lysandros, der anfing, den Bauernjungen zu mögen. „Vorausgesetzt, du nimmst mich mit zum Festzug." Er zwinkerte ihm zu. „Und wenn wir deinen Bruder gewarnt haben, bringen wir die Nachricht gemeinsam zu Stephanos. Vielleicht weiß der ja, was hier vor sich geht."

Am nächsten Morgen, noch vor Sonnenaufgang, stand Lysandros erwartungsvoll neben seinem neuen Freund und dessen Schwester auf den Stufen der Stoa. Melissa war elf Jahre alt. Wie ihr Bruder hatte sie glatte schwarze Haare und meistens ein verschmitztes Lächeln auf dem Gesicht. Nikomedes war zunächst dagegen gewesen, seinen Sohn alleine losziehen zu lassen. Erst als Lysandros versprach, keinen Unfug anzustellen und am Nachmittag, gleich nach den Wettbewerben der Trompeter und Herolde, seinen Vater am Eingang des Zeustempels zu treffen, ließ er sich überreden.

„Von hier aus hat man die beste Sicht", erklärte Melissa gerade, während sie noch eine Stufe höher stieg. „Zum Glück sind wir so früh aufgebrochen, sonst hätten wir keinen so guten Platz mehr ergattert."

Da sich keiner die Ankunft der Athleten aus Elis entgehen lassen wollte, drängten sich Tausende von Schaulustigen auf der Altis und entlang der heiligen Straße. Plötzlich ertönte Trompetenmusik.

„Sie kommen! Sie kommen!", raunte es durch die Menge. Und gerade als die ersten Strahlen der Morgensonne die Tempel in ein rosa Licht tauchten, erschien die Spitze des Festzugs am Ende der Straße. Die Zuschauer begannen zu jubeln und zu klatschen. Allerdings galt der Applaus nicht den Schiedsrichtern in ihren purpurnen Mänteln und den Priestern, die allen voranschritten, sondern den Athleten, die begleitet von ihren Trainern, den Würdenträgern folgten. Gleich dahinter folgten die Reiter auf ihren Pferden, danach zogen die Wagenlenker in Olympia ein.

„Da ist Theron! Ich kann ihn sehen!", rief Melissa. Sie hatte die Gruppe von Jungen entdeckt, die müde und erschöpft das Schlusslicht des Zuges bildeten. „Los, kommt schon!" Sie bahnte sich mit ihren Ellbogen einen Weg durch die Zuschauer. Die Jungen folgten ihrem Beispiel.

„Theron!" Das Mädchen winkte mit beiden Armen, um die Aufmerksamkeit ihres älteren Bruders auf sich zu lenken. Fast hatte sie die jugendlichen Athleten erreicht, als sich ihr ein Alytes in den Weg stellte. Seine

Aufgabe war es sicherzustellen, dass der Festzug ungehindert vorwärtskam.

„Halt!", wies er das Mädchen zurecht. „Hier kannst du nicht weiter."

„Aber", erwiderte Melissa drängend, „ich muss mit meinem Bruder sprechen. Er schwebt in großer Gefahr!"

„Da mach dir mal keine Sorgen", beruhigte sie der Polizist. „Wir achten schon darauf, dass hier Ordnung herrscht."

Ohne auf ihn zu hören, eilte Melissa weiter, doch der Alytes packte sie an der Schulter. „Hast du keine Ohren?" Dann lächelte er. „Ich verstehe ja, dass du deinen Bruder sehen willst. Doch dazu hat er jetzt keine Zeit. Erst muss er zusammen mit den anderen Athleten eingeschworen werden. Das kann lange dauern. Am besten kommst du heute Abend zum Zelt der Jugendlichen. Da kannst du ungestört mit ihm reden."

Beunruhigt blickte Melissa ihrem Bruder nach. „Wenn ihm nur nichts passiert!"

„Wir wissen ja noch nicht mal sicher, ob Theron überhaupt in Gefahr ist", tröstete Lysandros das Mädchen. „Bevor du dir Sorgen machst, sollten wir erst einmal versuchen, mehr über den Anschlag und die

Delta-Vier herauszufinden. Außerdem besteht auch immer noch die Möglichkeit, dass die Frau verrückt war. Ich finde, wir müssen jetzt auf jeden Fall diesen Stephanos suchen."

Kallias nickte zustimmend. „Das Leonidaion, in dem der Mann angeblich wohnt, ist gleich dort drüben." Er deutete auf einen von Säulen umgebenen Bau auf der anderen Seite der heiligen Straße.

Wenig später traten die Kinder durch den nördlichen Eingang des Gasthauses. Vor ihnen breitete sich ein gepflegter, mit Oleandersträuchern bepflanzter Innenhof aus. Er war von einem Säulengang umsäumt, von dem Türen zu den Gästezimmern führten. Im Vergleich zu draußen war es in dem Hof wohltuend still. Lysandros pfiff bewundernd durch die Zähne. Hier hätte er auch gerne übernachtet.

„Was wollt ihr?" Ein Pförtner war aus dem Schatten neben dem Eingang getreten.

„Wir suchen Stephanos aus Chalcis", erklärte Lysandros.

„Der ist, wie alle anderen Gäste, ausgegangen", brummte der Mann. „Hier sind um diese Zeit nur Sklaven und Personal. Ihr könnt ihm eine Nachricht hinterlassen."

„Danke, aber wir müssen ihn persönlich sprechen."

„Dann bleibt euch nichts anderes übrig, als später noch mal zu kommen oder hier auf den Mann zu warten." Der Pförtner kratzte sich an der Nase. „Dion", wandte er sich an seinen Kollegen, der auf einer Bank neben der Mauer hockte. „Weißt du, in welchem Zimmer Stephanos aus Chalcis wohnt?"

Der Angesprochene steckte sich gelangweilt eine Olive in den Mund. „In dem Zimmer gleich rechts neben dem Eingang", überlegte er, nachdem er den Stein ausgespuckt hatte.

„Nein", widersprach ihm sein Kollege. „Dort wohnt ein Athener."

„Stimmt", meinte der andere nachdenklich. „Jetzt fällt es mir wieder ein. Er ist in einem der Zimmer auf der anderen Seite des Hofes untergebracht." Er wandte sich an die Kinder. „Dazu müsst ihr nach rechts in den Säulengang einbiegen. An der Ecke folgt ihr dem Säulengang nach links, lasst die große Speisehalle rechts liegen, bis ihr zur nächsten Ecke kommt. Dort geht es wieder nach links und so lange den Gang weiter, bis ihr an der Ecke auf eine Tür stoßt. Geht hindurch und dann rechts durch die nächste Tür. Nun steht ihr in einem kleinen Gang, von dem aus nur zwei Zimmer abgehen. Wenn ich mich nicht täusche, ist Stephanos' Zimmer das linke." Damit steckte er sich genüsslich eine weitere Olive in den Mund.

„Danke", sagte Melissa. Sie hatte auf einem Plan der Herberge, der an der Wand neben dem Mann hing, den Weg nachvollzogen. „Ich weiß, wo das Zimmer liegt."

LEONIDES AUS NAXOS, SOHN DES LEOTOS, HAT DIESES GEBÄUDE ERRICHTET UND DEM ZEUS IN OLYMPIA GESTIFTET

Wo ist Stephanos' Zimmer?

29

Ruhmreiche Statuen

„Wir können unmöglich hier auf Stephanos warten", meinte Lysandros, als sie vor der verschlossenen Tür standen. „Es könnte ewig dauern, bis er zurückkommt."

„Vielleicht ist er ja doch im Zimmer", schlug Kallias hoffnungsvoll vor. „Er könnte gleich nach dem Festzug wieder in die Herberge gegangen sein, um sich vor den Wettbewerben der Trompeter auszuruhen."

„Höchst unwahrscheinlich. Da hätten ihn die Pförtner gesehen."

Kallias klopfte trotzdem an. Doch hinter der Tür regte sich nichts.

„Da könnt ihr lange anklopfen", kam eine Stimme vom Säulengang her. Ein junger Sklave, der dort am Boden kniete und die Fliesen schrubbte, sah von seiner Arbeit auf. „Ich habe den Herrn seit gestern nicht mehr gesehen."

„Seit gestern?" Melissa blickte ihn erstaunt an. „Hat er denn nicht hier übernachtet?"

Der Mann schüttelte den Kopf. „Nein. Sein Bett war unberührt."

„Hat er einen Sklaven?", erkundigte sich Lysandros.

„Ja."

„War der heute Nacht auch nicht hier?"

„Keine Ahnung. Wir haben derzeit ein volles Haus, da kann ich mich nicht an jedes Gesicht erinnern."

„Kommt euch das nicht höchst verdächtig vor?", fragte Melissa, als sie kurz darauf wieder auf der Straße vor der Herberge standen. „Genau der Mann, der das Attentat verhindern soll, ist spurlos verschwunden."

„Ach was. Nur weil er nicht in der Herberge geschlafen hat, muss er doch nicht gleich verschwunden sein", entgegnete Lysandros. „Vermutlich hat er, wie so viele hier, bis zum Morgengrauen philosophiert und dabei die Zeit vergessen. Und weil es sich dann nicht mehr lohnte zu schlafen, brach er gleich zum Festzug auf."

„Trotzdem sollten wir etwas unternehmen", erwiderte Kallias. „Theron könnte in großer Gefahr schweben."

„Und was schlägst du vor?"

„Wir gehen zur Polizei. Wenn wir den Alytes von der Frau und der Nachricht auf der Scherbe berichten, werden sie sicher etwas unternehmen." Kallias hielt einen Augenblick inne. „Allerdings wird es nicht ganz einfach sein, uns zur Polizei durchzuschlagen. Sie ist im Bouleuterion untergebracht, wo die Athleten gerade eingeschworen werden. Da ist sicher viel Betrieb."

Zwar stimmte es, dass sich zahlreiche Schaulustige am Eingang des Festsaals drängten, um einen Blick auf die Zeremonien zu erhaschen, doch niemand interessierte sich für den abgelegenen Seiteneingang, der zur Polizei führte. Der diensthabende Alytes saß schlecht gelaunt hinter seinem Schreibtisch. Seine Kollegen durften den Feierlichkeiten beiwohnen, während er den ganzen Tag Däumchen drehte.

„Was gibt's?", fragte er die Kinder unfreundlich.

„Wir wollen ein geplantes Attentat melden ...", begann Kallias.

„... und das Verschwinden eines griechischen Bürgers", ergänzte Melissa.

„Ach ja?" Der Polizist musterte die Kinder spöttisch.

„Wenn Sie die Attentäter nicht finden", erklärte das Mädchen ernst, „könnte unserem Bruder und den anderen Athleten etwas Schlimmes zustoßen! Vor allem einem Sportler, dessen Name mit K beginnt."

„Dessen Name mit K beginnt?" Der Polizist begann, laut zu lachen. „Soll das ein Witz sein?"

„Wir schwören bei Zeus, dass es die Wahrheit ist", beteuerte Lysandros. Und er berichtete dem Polizisten ausführlich von der Frau, der verschlüsselten Nachricht und von Stephanos, der möglicherweise verschwunden war. „Wir haben Beweise", meinte er zuletzt. „Kallias, zeig ihm das Ostrakon."

33

Der Bauernjunge fing sofort an, in seinem Schulterbeutel herumzukramen. Auf einmal wurde er blass und wühlte noch hektischer in dem Beutel herum.

„Was ist los?", fragte Melissa besorgt. „Geht es dir nicht gut?"

„Die Scherbe ist weg", stieß Kallias hervor.

„Unsinn! Lass mich mal." Das Mädchen durchstöberte den Beutel. „Ein Loch!", stellte sie erschrocken fest, als ihre Finger durch die Seitennaht stießen.

„Jetzt reißt mir aber der Geduldsfaden", fuhr der Polizist die Kinder an. „Verschwindet! Für solchen Unsinn habe ich keine Zeit."

„Du Blödmann", beschimpfte Melissa ihren Bruder, als sie aus dem Gebäude traten. „Ohne die Scherbe wird uns niemand die Geschichte glauben."

„Es tut mir wirklich leid", murmelte Kallias kleinlaut.

„Das hilft uns auch nicht weiter!", murmelte Melissa. Plötzlich sah sie sich verstohlen um und senkte die Stimme. „Sagt mal, habt ihr nicht auch das Gefühl, dass uns jemand verfolgt?"

„Das bildest du dir bestimmt nur ein", meinte Lysandros zuversichtlich, doch er warf unwillkürlich einen Blick in die Runde.

Vor der Echohalle, die rechts vor ihnen lag, hatten

sich bereits die ersten Zuschauer eingefunden. Nicht mehr lange, und die Trompeter und Herolde würden hier antreten. Gegenüber, am Fuß des Kronoshügels, standen Besucher vor den Schatzhäusern Schlange, um sich vor den Wettbewerben noch rasch die dort ausgestellten Kunstwerke anzusehen.

„Ich bin mir ganz sicher." Melissa ließ sich nicht so schnell von ihrer Überzeugung abbringen. „Wir werden verfolgt. Schon seit wir die Herberge verlassen haben." Sie überlegte. „Vielleicht wissen die Attentäter inzwischen, dass wir ihnen auf der Spur sind, und wollen uns aus dem Weg schaffen."

„Können wir den Anschlag und Stephanos nicht für eine Weile vergessen?", schlug Lysandros vor. „Ich verhungere gleich."

„Und Theron?", fragte Melissa.

„Um mit ihm zu sprechen, müssen wir ohnehin bis heute Abend warten. Dort drüben gibt es die leckersten Würstchen." Er deutete in Richtung heilige Straße. „Kommt, ich lade euch dazu ein."

Dagegen hatte sogar Melissa nichts einzuwenden. Bald standen sie, jeder eine knackige Bratwurst in der Hand, am Straßenrand. Kaum hatten sie zu essen begonnen, als von der Echohalle Trompetenfanfaren erklangen. Der erste olympische Wettbewerb hatte begonnen.

„Wie können die Richter entscheiden, wer der beste Trompeter ist?", wunderte sich Lysandros, während ihm der Bratensaft vom Kinn lief. „Für mich klingen sie alle gleich."

„Sieger ist derjenige, der sein Instrument am lautesten blasen kann", erklärte Kallias kauend. „Der darf dann während der Dauer der Spiele die Trompetensignale geben. Wir sollten ..." Doch er kam nicht dazu, seinen Satz zu beenden. Ein Junge, der selbst Melissa nur bis zur Schulter reichte, stand plötzlich breitbeinig neben ihm.

„Ich habe eine Nachricht für euch", verkündete er.

„Eine Nachricht? Von wem? Von unserem Bruder?"

Der Junge zuckte mit den Schultern. „Der Mann hat

gesagt, er sei ein Freund von Stephanos. Wenn ihr
mehr erfahren wollt, sollt ihr bei Sonnenuntergang
zum Treffpunkt kommen."

„Zu welchem Treffpunkt?", wollte Melissa wissen.

„Das hat er nicht erwähnt. Nur, dass ihr den genauen Ort herausfinden könnt, wenn ihr zur ersten
Siegerstatue auf der linken Seite hinter dem Zeustempel geht."

„Wie sah der Mann aus?"

„So genau habe ich ihn mir nicht angesehen", grinste der Junge. „Die Münze, die er mir als Lohn für diesen Botengang gegeben hat, war interessanter."

Lysandros wollte noch etwas fragen, doch der Junge war bereits wieder in der Menge verschwunden.

„Wetten, dass das eine Falle ist", meinte Melissa ernst. „Habe ich es nicht gleich gesagt, dass die Attentäter hinter uns her sind?"

Lysandros runzelte nachdenklich die Stirn. „Und wenn es sich bei dem Mann um Stephanos' Sklaven handelt? Vielleicht will er uns etwas mitteilen."

„Stimmt", meinte Kallias. „Theron zuliebe müssen wir herausfinden, was dieser Mann von uns will."

Noch kauend eilten die Kinder zurück in die Altis. Auf dem Gelände um die Tempel und Verwaltungsbauten herum waren Hunderte von Standbildern errichtet worden, deren Inschriften ehemalige olympische Sieger ehrten. Die Statue, die ihnen der Junge beschrieben hatte, stand in einer Gruppe dicht an der Außenmauer auf der ruhigeren Rückseite des Zeustempels.

„Eine ganz gewöhnliche Statue", sagte Melissa enttäuscht. „Figuren wie diese stehen hier massenweise herum. Was steht auf der Tafel?"

„Auch nichts Besonderes", erwiderte Lysandros. „Die übliche Widmung."

„Jemand hat die Schrift mit Kreide verschmiert", bemerkte Kallias, der den Sockel genauer untersuchte. „Könnte das etwas bedeuten?"

Lysandros starrte auf die Tafel und überlegte. „Heureka!", rief er plötzlich. „Du bist ein Genie!" Jetzt weiß ich, wo wir bei Sonnenuntergang sein sollen.

Wo ist der Treffpunkt?

HIER STEHT DIE STATUE DES
RUHMREICHEN ARISTON
SIEGER IM PANKRATION.
SOHN DES GLAUKOS.
GEWIDMET VON DEN BÜRGERN
DER STADT EPHESUS.

ENTFÜHRT!

„Können sich Kallias und Melissa uns anschließen?", fragte Lysandros seinen Vater, der im Schatten der mächtigen Säulen des Zeustempels auf seinen Sohn wartete. „Sie wollen Zeus ein Opfer bringen – für ihren Bruder, der am Wettbewerb der Jugendlichen teilnimmt."

Da bis zum Treffen bei Sonnenuntergang noch Zeit war, hatten sich die Geschwister entschlossen, ebenfalls den Zeustempel zu besuchen. Sie wollten keine Gelegenheit ungenutzt lassen, Theron vor einem Anschlag zu schützen.

„Aber natürlich", erwiderte Nikomedes lächelnd, der die beiden Bauernkinder ja bereits am Morgen kennengelernt hatte. „In welcher Disziplin soll euer Bruder denn antreten?"

„Im Faustkampf", sagte Kallias stolz.

„Und euer Vater? Ist der auch hier?"

Kallias schüttelte den Kopf. „Er wäre gerne gekommen, aber er konnte nicht vom Hof weg. Zu viel Arbeit um diese Jahreszeit."

„Hast du den ersten Tag der Spiele genossen?" Nikomedes wandte sich an seinen Sohn. „War Herodo-

ros nicht einmalig? Er hat den Siegespreis der Trompeter gewiss verdient."

Lysandros nickte zustimmend, obwohl er keine Ahnung hatte, wer Herodoros war und dass der Mann den Wettbewerb gewonnen hatte. Er und seine neuen Freunde waren ja, während die Trompeter gegeneinander antraten, anderweitig beschäftigt gewesen.

Zu viert reihten sie sich in die lange Warteschlange ein. Da die offiziellen Veranstaltungen des ersten Ta-

41

ges vorüber waren, hatten viele andere Besucher ebenfalls die Idee gehabt, den Tempel zu besichtigen.

„Um uns die Wartezeit zu vertreiben", sagte Nikomedes, „werde ich die Gelegenheit ergreifen, euch einige interessante Einzelheiten zu den vor uns liegenden Tempel zu erläutern." Er räusperte sich. „Der Zeustempel wurde vor mehr als 30 Olympiaden erbaut. Bei den Säulen handelt sich um typische Beispiele ..."

Lysandros wusste, dass jetzt einer der langweiligen Vorträge seines Vaters folgen würde, und hörte automatisch nicht mehr zu. Trotzdem ließ er seinen Blick über die eindrucksvolle Tempelwand schweifen. Ganz oben, auf dem Dach, thronte die Statue der geflügelten Göttin Nike. Im Dreiecksgiebel, direkt unter der goldenen Figur, konnte man ein bunt bemaltes Fries erkennen, auf dem Zeus dargestellt war, wie er die

Vorbereitungen zu einem Wagenrennen überwachte. Lysandros seufzte. Er würde sich die Zeit bis zum Sonnenuntergang auch lieber mit einem Wagenrennen vertreiben, als einen Tempel zu besuchen. Es würde ewig dauern, bis sie an der Reihe waren. Die Warteschlange schob sich nur langsam die Rampe hoch, wo sie unter den Säulen in einem riesigen Tor verschwand. Wenn es doch nur schon Abend wäre, dachte Lysandros. Auch die Gespräche der anderen Wartenden waren nicht viel unterhaltsamer als der Vortrag seines Vaters. Ohne großes Interesse hörte er dennoch zu.

„Mein Schwager nimmt übermorgen an den Wagenrennen teil", erklärte ein Mann, der direkt vor ihnen in der Schlange stand, gerade seinem Nachbarn. „Morgen werde ich allerdings erst mal meinen Neffen beim Wettlauf der Jugendlichen anfeuern."

43

„Da müssen Sie wenigstens nicht so lange warten wie ich", antwortete der junge Mann neben ihm. „Mein Bruder tritt erst am vorletzten Tag an. Ich kann es kaum erwarten, ihn im Stadion laufen zu sehen."

„Das", sagte der andere, „soll der anstrengendste Tag der Spiele sein. Erst die Stieropfer, dann der Stadionlauf, gefolgt vom Waffenlauf, dem Ringkampf, dem Faustkampf und schließlich dem Pankration, alles am gleichen Tag."

Der junge Mann nickte. „Ich werde auf alle Fälle Zeus opfern, damit mein Bruder am fünften Tag, bei der Siegerehrung, nicht leer ausgeht. Das wäre für mich ein unvergesslicher Abschluss der Spiele."

Endlich war es so weit, und sie betraten die Tempelhalle. Der überwältigende Anblick, der sich ihnen bot, raubte selbst dem gelangweilten Lysandros den Atem. Genau ihnen gegenüber thronte die berühmte Zeusstatue. Sie wurde auf beiden Seiten von goldenen Löwen bewacht. In einem Ölbecken vor der Statue spiegelte sich das aus Gold und Elfenbein gefertigte Ebenbild des Gottes. In seiner Rechten hielt Zeus eine lebensgroße Statue der Göttin Nike, in seiner Linken ein baumlanges Zepter. Er war so riesig, dass sein Kopf bis dicht unters Dach reichte.

„Dann stimmt es also, was die Leute sagen", murmelte Lysandros ehrfurchtsvoll. „Wenn sich der Gott erhöbe, wäre er höher als die Decke des Tempels."

Eine ganze Weile später standen die drei Freunde dann endlich vor dem Stadioneingang. Der Tunnel, der durch einen Erdwall zum Sportplatz führte, war bereits für die Nacht verschlossen. Noch ließen die letzten Strahlen der Abendsonne das bronzene Gitter aufleuchten, doch es würde nicht mehr lange dauern, bis die Sonne vollends hinter den Tempeln im Westen untergegangen war.

„Und wie sollen wir den Mann erkennen?" Lysandros hielt nach dem Unbekannten Ausschau. Nur noch vereinzelte Besucher waren in der Altis unterwegs. Aber sie mussten nicht lange warten. Schon im nächsten Augenblick trat ein Mann in einfacher Sklaventunika hinter einer der Platanen hervor. Er war klein und ziemlich dick. Sein Kopf saß so dicht auf den Schultern, dass es fast so aussah, als hätte er keinen Hals. Eilig schritt er auf die Kinder zu, wobei er sich immer wieder nervös umblickte.

„Was wollt ihr von Stephanos?", fragte er geradeheraus.

„Wir haben eine Nachricht für ihn."

„Die könnt ihr mir übergeben. Ich bin Agios, sein Sklave."

„Und wer garantiert uns, dass du nicht lügst?", erwiderte Kallias. „Wir würden ihn lieber persönlich sprechen."

„Das ist nicht möglich", erwiderte der Sklave, während ihm Schweißperlen die Stirn hinabliefen.

„Und wieso?"

Erst als sich Agios abermals versichert hatte, dass sie nicht beobachtet wurden, flüsterte er: „Weil er entführt wurde. Und wenn ich euch einen Rat geben darf, mischt euch nicht weiter in die Angelegenheit ein."

„Dann haben die Delta-Vier wohl bereits zugeschlagen", murmelte Kallias.

„Was wisst ihr von den Delta-Vier?" Agios starrte die Kinder verblüfft an.

„Wenn er tatsächlich Stephanos' Sklave ist", wandte sich Lysandros leise an seine beiden Freunde, „sollten wir ihn vielleicht doch besser einweihen." Als Kallias und Melissa zustimmend nickten, berichtete er dem Mann von der Frau und der Nachricht auf der Scherbe.

„Das bestätigt genau das, was mein Herr herausgefunden hat", erklärte der Sklave. „Auch er ist den Plänen der Delta-Vier auf die Spur gekommen, und deswegen hat die Bande ihn entführt."

„Du musst zur Polizei gehen", sagte Kallias.

„Das kann ich nicht. Es würde meinen Herrn in Gefahr bringen."

„Aber du musst etwas unternehmen!", rief Melissa empört. „Immerhin ist unser Bruder einer der Athleten. Kannst du uns nicht wenigstens verraten, was die Bande plant und wann der Anschlag stattfinden soll?"

47

„Am Tag der Stieropfer. Doch was sie vorhaben, weiß ich auch nicht." Agios blickte auf und beobachtete mehrere Festbesucher, die gerade aus einer der Schatzkammern traten. Ins Gespräch vertieft, stiegen sie die Stufen zur Altis hinab und schlenderten direkt auf die Kinder und Agios zu.

„Ich habe euch schon zu viel erzählt", meinte der Sklave hastig. „Lasst auf jeden Fall die Finger aus dem Spiel! Mit den Delta-Vier ist nicht zu spaßen. Die Bande ist unberechenbar." Dann eilte er, ohne ein weiteres Wort zu verlieren, Richtung heilige Straße.

„Wer ist K?", rief Lysandros ihm noch nach, doch der Sklave war bereits hinter dem Zeustempel verschwunden.

„Die Finger aus dem Spiel lassen", schimpfte Melissa. „Der hat leicht reden. Uns bleibt gar nichts anderes übrig, als uns einzumischen. Wir wollen doch sichergehen, dass Theron nichts passiert." Sie überlegte einen Augenblick. „Wisst ihr, an welchem Tag die Stiere geopfert werden?"

„Keine Ahnung", erwiderte Lysandros nachdenklich. „Doch das können wir leicht austüfteln." Ihm war das langweilige Gespräch der Männer in der Warteschlange vor dem Zeustempel eingefallen. „Die Spiele haben heute begonnen. Das war der erste Tag.

Morgen, am zweiten Tag, finden die Wettbewerbe der Jugendlichen statt. Die Stieropfer sind daher ..." Es dauerte nicht lange, und die Kinder wussten, wann die Delta-Vier ihren Anschlag planten.

Am wievielten Tag ist der Anschlag geplant?

Therons Kampf

Die olympische Zeltstadt, in der die Athleten untergebracht waren, lag dicht an der Ufermauer des Kladeos, der ein Stück südlich der Altis in den Alpheios mündete. Auf dem flachen Gelände waren prächtige Zelte aufgestellt. Doch im Gegensatz zum Lagerplatz der Kinder war hier nicht das leiseste Geräusch zu hören. Niemand philosophierte oder klapperte mit Töpfen an knisternden Kochfeuern. Stattdessen herrschte vollkommene Stille.

„Was wollt ihr eurem Bruder eigentlich sagen?", fragte Lysandros, während sie nach dem Zelt der Jugendlichen suchten. „Wir wissen ja nicht einmal, ob er tatsächlich gefährdet ist und was genau geschehen soll. Glaubt ihr nicht, dass ihr ihm unnötige Sorgen auflasten könntet?"

„Stimmt. Trotzdem sollte er von dem Anschlag erfahren." Melissa war sich ganz sicher. „Selbst wenn er nicht weiß, was geplant ist, ist er dann zumindest darauf vorbereitet, dass etwas geschehen könnte."

„Außerdem", fügte Kallias hinzu, „kann er uns helfen, K zu finden. Der Mann sollte ebenfalls gewarnt werden."

„Aber wie stellst du dir das vor?", wandte Lysandros ein. „Wir kennen ja nicht einmal seinen Namen, außer dass er mit K anfängt."

„Theron hat einen ganzen Monat zusammen mit den anderen Athleten in Elis verbracht", erwiderte der Bauernjunge. „Dabei hat er sicher viele der Sportler kennengelernt und weiß, wie sie heißen."

„Halt!" Ein Wachmann, der neben dem Zelt stationiert war, hatte die Kinder entdeckt. „Was wollt ihr hier?" Es war der gleiche Polizist, der sie schon beim Festzug davon abgehalten hatte, mit Theron zu sprechen.

„Wir wollen unseren Bruder sehen", erklärte Kallias.

„Dazu ist es jetzt zu spät", erwiderte der Mann. „Die Jungen schlafen bereits."

„Was? Aber es ist doch noch früh am Abend", sagte der Junge erstaunt.

„Sie haben zwei anstrengende Tage hinter sich. Sie sind von Elis bis nach Olympia gelaufen", erklärte der Alytes, „das ist ein Fußmarsch von der Länge eines Marathonlaufs. Jetzt müssen sie für die Wettkämpfe neue Kräfte schöpfen. Morgen früh könnt ihr mit eurem Bruder sprechen."

„Aber es ist wichtig!" Melissa wollte sich nicht schon wieder abwimmeln lassen.

„Ich habe den Befehl, niemanden einzulassen." Um seine Worte zu bekräftigen, schnalzte er mit seiner Peitsche. Den Freunden blieb nichts anderes übrig, als das Gespräch auf den nächsten Tag zu verschieben.

Am nächsten Morgen, gleich nach dem Frühstück, stiegen sie die Stufen zur Echohalle hoch. Hier konnten sich die Sportler vorbereiteten, bevor sie ins benachbarte Stadion einzogen.

„Wenn wir Theron vor den Spielen abfangen wollen", meinte Kallias, „ist es hier am einfachsten."

Eine schmale Tür am nördlichen Ende der Säulenhalle führte auf einen lang gestreckten Hof hinaus. Gleich neben dem Eingang stand ein stämmiger Junge, der als Aufwärmübung abwechselnd seine Knie beugte und seine Arme streckte. Hinter ihm erklangen helle, aufgeregte Stimmen.

„Beeilt euch!", trieb ein Mann, der einen purpurnen Himation trug, die Jungen zur Eile an. „Es ist bald so weit. Und vergesst nicht, den ganzen Körper mit Olivenöl einzureiben."

„Dort hinten, der mit den langen Locken", erklärte Melissa Lysandros stolz, „das ist mein Bruder." Theron, der seine Geschwister entdeckt hatte, winkte ihnen kurz zu, ohne mit dem Einölen seiner Waden aufzuhören. Melissa zwängte sich an dem Jungen neben dem Eingang vorbei.

„Halt, mein Fräulein." Ein Wachmann packte sie am Arm. „Die Jungen bereiten sich auf die Wettbewerbe vor. Da dürft ihr nicht stören." Er musterte die drei genauer. „Nicht schon wieder ihr!", seufzte er dann.

„Sie haben uns versprochen, dass wir heute früh mit Theron sprechen können", sagte Melissa trotzig. Auch sie hatte den Alytes vom Vortag wieder erkannt.

„Da hättet ihr früher kommen sollen. Allerdings fing der Tag bereits chaotisch an. Die Götter sind uns heute nicht wohlgesinnt."

„Wieso?"

„Kimon, ein Junge aus Ephesos, musste im letzten Augenblick aus dem Wettkampf ausscheiden. Er ist mit hohem Fieber aufgewacht. Wir mussten einen Arzt holen."

„K für Kimon", flüsterte Lysandros den Geschwistern zu. Sie mussten unbedingt handeln. „Wenn Sie uns nicht zu Theron lassen", bat er den Polizisten, „können wir dann wenigstens mit dem verantwortlichen Schiedsrichter sprechen?"

Dagegen hatte der Alytes nichts einzuwenden, und einen Augenblick später standen sie vor dem Mann im Purpurgewand, der sich als Hippoklides vorstellte.

„Fasst euch kurz", sagte der Schiedsrichter, dessen schüttere Haare bereits ergraut waren. „Die Jungen werden jeden Augenblick ins Stadion gerufen."

Lysandros und Kallias berichteten abwechselnd von den Delta-Vier und dass möglicherweise alle Athleten in Gefahr schwebten.

„Kimon, der Junge aus Ephesos", sagte Lysandros am Ende ihres Berichts, „könnte das erste Opfer der Verbrecher sein. Er wurde bestimmt vergiftet."

„Kimon vergiftet?" Der Schiedsrichter schüttelte ungläubig den Kopf. „Alle Sportler unterliegen einer strikten Diät. Die Jungen haben gestern ausnahmslos das Gleiche zu sich genommen. Wäre das Essen vergiftet gewesen, dann wäre keiner von ihnen heute in der Lage, an den Wettbewerben teilzunehmen."

„Selbst wenn Kimon nicht vergiftet wurde", mischte sich Melissa ein, während sie besorgt in Therons Richtung blickte, „heißt das nicht, dass die anderen Athleten außer Gefahr sind! Die Attentäter ..."

„Olympia ist eine heilige Stätte", unterbrach sie der Schiedsrichter. „Während der Spiele ist im ganzen

Land der heilige Frieden ausgerufen. Niemand würde es wagen, diesen Frieden zu entweihen." Er musterte die drei. „Macht euch keine Sorgen. Ich glaube eher, dass euch jemand einen Bären aufgebunden hat. So, und jetzt muss ich mich den jungen Athleten widmen." Er machte auf der Stelle kehrt. Dann drehte er sich noch einmal kurz um. „Wenn ihr einen Platz im Stadion ergattern wollt, würde ich mich an euerer Stelle sputen."

Der Schiedsrichter hatte recht.

„Bei Zeus", staunte Melissa. „Ich habe noch nie so viele Menschen auf einmal gesehen." Auf den Erdwällen, die die Laufbahn säumten, drängten sich die Zuschauer dicht an dicht. An der Seite des Stadions, die in den Abhang des Kronoshügels gebaut war, fanden sie nach langem Suchen einen freien Platz, von dem aus sie alles hervorragend überblicken konnten.

Stunden später hockten sie immer noch auf dem niedergetretenen Gras. Der Stadionlauf und die Ringkämpfe waren längst entschieden, nur der Sieger des Faustkampfs stand noch aus. Theron hatte sich bis zur letzten Runde tapfer durchgeschlagen und sollte jetzt gegen den stämmigen Jungen antreten, den sie am Morgen in der Echohalle gesehen hatten.

„Gegen den hat Theron nicht die geringste

Chance", stellte Kallias traurig fest. „Der ist doppelt so breit und mindestens einen Kopf größer als er."

Im nächsten Augenblick verkündete der Herold den Anfang des Kampfes. Theron, die Hände bis zu den Ellbogen mit Lederriemen umwickelt, begann, seinen Gegner zu umtänzeln, und es gelang ihm sogar, ihm mit seiner Linken einen blitzschnellen Haken zu versetzen. Immer wieder wich er geschickt den Schlägen des anderen aus.

Aber der kräftige Junge war ein guter Boxer, und schließlich landete ein Faustschlag direkt auf Therons Nase. Obwohl ihm Blut das Kinn hinabrann, schlug sich der Junge wacker weiter. Ein zäher Kampf folgte. Doch dann geschah es. Die Sonne, die bereits tief am Horizont stand, blendete Theron für den Bruchteil einer Sekunde. Er wich einem harten Schlag nicht rechtzeitig aus, stolperte und lag im nächsten Moment bäuchlings auf dem Boden. Theron hatte den Faustkampf verloren.

Der Herold verkündete den Sieg des stämmigen Jungen, der triumphierend seine Arme hochriss und vor den jubelnden Zuschauern durchs Stadion lief.

„Los!", rief Melissa. „Wir müssen zu Theron." Eilig sprangen die Geschwister auf und schoben sich durch die Zuschauermenge in Richtung Sandbahn. Ehe sich Lysandros versah, waren sie wie vom Erdboden verschluckt.

„So ein Mist", schimpfte er und raufte sich ärgerlich die Haare. Er stellte sich auf seine Zehenspitzen, doch er konnte seine Freunde nirgendwo entdecken. Schließlich rannte er den Erdwall wieder nach oben und hielt von dort aus Ausschau. Da! Er hatte sie im Gedränge gefunden.

Wo sind Melissa und Kallias?

Verräterische Schatten

„Sieht viel schlimmer aus, als es ist",
meinte Melissa, während sie ein Stück Stoff in eine
Schale mit Wasser tauchte und vorsichtig Therons
blutige Nase abtupfte.

Die Geschwister und Lysandros hatten den jungen
Athleten in den Hof hinter der Echohalle begleitet, wo
sich die Jungen Staub und Schweiß abwuschen und
sich für die Feier am Abend zurechtmachten. Während Melissa ihren Bruder verarztete, berichtete Kallias, was sie erlebt hatten.

„So ein Unsinn", fuhr Theron seinen Bruder an.
„Autsch", stöhnte er gleich darauf. „Kannst du nicht
etwas vorsichtiger sein?" Mürrisch schob er Melissas
Hand zur Seite. Offenbar war er noch zu enttäuscht
über seine Niederlage, um sich für die Geschichte seiner Geschwister zu interessieren.

„Ich bin so sachte wie möglich", erwiderte Melissa.
„Und was die Drohung der Delta-Vier anbelangt, die
musst du unbedingt ernst nehmen."

„Ach ja? Und wieso? Kimon wurde nicht vergiftet,
da könnt ihr Hippoklides glauben."

„Theron", sagte Kallias bestimmt, „ich weiß, du är-

gerst dich, weil du verloren hast, doch das hier ist
wirklich wichtig. Ihr schwebt alle in Gefahr."

Theron musterte seinen jüngeren Bruder, während
er vorsichtig mit der Zunge über seine geschwollene
Lippe fuhr. „Ihr meint es tatsächlich ernst", stellte er
fest. Dann sah er sich vorsichtig um. „Mir ist da doch
etwas aufgefallen", flüsterte er. „Ich habe zufällig
mitgehört, wie Hippoklides gestern Abend mit einem
der Trainer eine Wette auf das Wagenrennen abgeschlossen hat."

„Ist das in Olympia nicht üblich?", mischte sich Lysandros ein, der bisher stumm neben den Geschwistern gestanden hatte.

„Ja, schon, doch jetzt, wo ihr den Athleten, dessen Namen mit K beginnt, erwähnt habt, kommt es mir doch etwas merkwürdig vor."

„Wieso?"

„Der Trainer wettete auf Kallimachos aus Korinth, Hippoklides auf Damades aus Athen."

„Du meinst, Hippoklides könnte vorhaben, Kallimachos' Sieg zu verhindern?"

„Es wäre nicht das erste Mal, dass so etwas vorkommt", erwiderte Theron. „Mir fällt da beispielsweise das Wagenrennen zwischen Pelops und Oinomaos ein."

„Oinomaos, der sagenhafte König von Elis?" Auch Kallias kannte die Sage.

Theron nickte. „Ja, sein Palast stand nicht weit von Olympia. Ihm war geweissagt worden, dass ihn sein zukünftiger Schwiegersohn töten würde. Deswegen wollte er verhindern, dass seine Tochter heiratet."

„Und was hat das mit Wagenrennen zu tun?" Lysandros runzelte verwirrt die Stirn.

„Der König stellte eine Bedingung auf: Nur derjenige Freier, der ihn im Wagenrennen besiegte, würde die Hand seiner Tochter bekommen. Das konnte er bedenkenlos tun, denn der Kriegsgott hatte ihm unbesiegbare Pferde geschenkt. Mit denen gewann er automatisch jedes Rennen. Die Köpfe der besiegten Freier nagelte er anschließend als Warnung über den Eingang seines Palastes."

„Wie schrecklich!" Melissa schauderte.

„Eines Tages", fuhr Theron fort, „kam ein junger Mann namens Pelops, der sich davon nicht abschrecken ließ. Er hatte sich in die Königstochter verliebt und wollte sie unbedingt heiraten."

„Und wie wollte er es schaffen, die göttlichen Pferde zu besiegen?"

„Ganz einfach. Er bestach den königlichen Wagenlenker. Dieser sollte die bronzenen Radpflöcke durch Wachspfropfen ersetzten. Das Wachs schmolz bei der Wettfahrt, die Räder vom Wagen des Königs lösten sich. Der Wagen kippte um, Oinomaos stürzte zu Tode, und Pelops heiratete die Prinzessin."

„Meinst du, Hippoklides wäre tatsächlich dazu fähig, wie Pelops das Rennen zu sabotieren?", fragte Melissa ungläubig. „Immerhin ist er Schiedsrichter."

„Psst", zischte Theron und griff hastig nach seinem Strigilis. Eifrig begann er, sich Sand, Öl und Schweiß vom Körper zu schaben.

Nun entdeckten auch die anderen, dass Hippoklides auf sie zukam. „Trödle nicht so", rügte er den Jungen, „sonst kommst du zu spät zur Feier. Wir brechen jeden Augenblick auf." Er deutete mit einer Kopfbewegung auf die anderen Jungen, die bereits sauber und angezogen in einer Gruppe warteten. Dann wandte er sich an Kallias, Melissa und Lysandros. „Ihr geht jetzt besser", meinte er. „Theron hat zum Schwatzen keine Zeit."

„Aber", wandte Melissa ein, „was ist mit seinen Verletzungen?".

„Um die kann sich unser Arzt kümmern. Und jetzt raus hier!"

Es war bereits dunkel, als die Kinder die Stufen der Echohalle hinabschritten. Doch der Weg war gut zu erkennen, denn überall vor den Gebäuden und Tempeln der Altis waren Fackeln angezündet worden. Gleich gegenüber konnten sie die Umrisse des Zeustempels erkennen, neben dessen verschlossenem Eingangstor Feuer in riesigen Becken loderten.

„Hippoklides, der Rädelsführer der Delta-Vier", murmelte Melissa ungläubig. „Ich kann es nicht fassen."

„Ich auch nicht", erwiderte ihr Bruder, während er einer Reiterstatue auswich, auf der ein steinerner Junge galoppierte. „Doch alles scheint zu passen."

„Habt ihr dabei nicht eines vergessen?", wandte Lysandros ein.

„Was?"

„Der Anschlag ist für den Tag der Stieropfer geplant. Die Wagenrennen finden jedoch schon morgen statt."

„Vielleicht hat sich Agios im Tag geirrt."

Lysandros schüttelte den Kopf. „Ich glaube, dass der Schiedsrichter nichts mit dem Anschlag zu tun hat. Außerdem", fuhr er fort, „kommt es euch nicht

etwas übertrieben vor, wegen einer Wette einen Anschlag zu riskieren und einen Mann zu entführen?"

„Na, hervorragend!", schimpfte Melissa. „Das bedeutet, dass wir in unseren Ermittlungen keinen
Schritt weitergekommen sind. Wir haben Theron
nicht mal gefragt, ob es außer Kallimachos noch andere Athleten gibt, deren Namen mit K beginnen."

Inzwischen hatten sie den Durchgang erreicht, der
von der Altis zur heiligen Straße führte. Schon bevor
sie durch die Mauer traten, kündigten sich die un-
zähligen Garküchen durch ihre verführerischen Düfte
an. Hier herrschte immer noch viel Trubel. Die Festbesucher standen vor den Buden Schlange, um sich
einen Imbiss zu besorgen und bei einem Becher Wein
die aufregenden Ereignisse des Tages zu diskutieren.

„Ich würde vorschlagen, wir holen uns was zu essen." Lysandros merkte erst jetzt, wie hungrig er war.
Seit einem Stück trockenen Brot und etwas Käse zum
Frühstück hatten sie den ganzen Tag nichts zu sich
genommen. „Danach können wir sicher viel klarer
denken."

„Hervorragende Idee", stimmten die Geschwister
dem Vorschlag zu.

Doch nach in Öl gebratenem Tintenfisch und Sesamkringeln waren die drei zwar satt, aber viel zu

müde, um weitere Pläne zu schmieden. Trotz Melissas Sorge, dass die Delta-Vier möglicherweise schon früher zuschlagen könnten, beschlossen sie, die weiteren Nachforschungen auf den nächsten Tag zu verschieben.

Von der heiligen Straße spazierten sie langsam in Richtung Lagerplatz, vorbei am Leonidaion und dem Gelände hinter der südlichen Stoa, das für die Luxuszelte reicherer Festbewohner reserviert war. Auch hier schien noch niemand an Schlaf zu denken. Stattdessen hockten die Bewohner in Grüppchen vor ihren Zelten und unterhielten sich angeregt. Gerade als die Kinder den Pfad, der hinab zum Fluss führte, einschlagen wollten, blieb Melissa vor einem der Zelte stehen.

„Guckt euch das an", murmelte sie und sah plötzlich wieder hellwach aus. „Worüber die sich wohl unterhalten?"

Verwundert blickte Kallias seiner Schwester nach, die eilig auf ein von innen beleuchtetes Zelt zuschritt. Obwohl sie nicht sahen, was Melissas Interesse geweckt hatte, entschlossen sich die Jungen, ihr zu folgen.

„Wozu willst du Fremde belauschen?", fragte Lysandros Melissa leise, als sie sie eingeholt hatten.

„Einer der Männer ist kein Fremder", flüsterte Melissa. „Wir kennen ihn – und ich will unbedingt herausfinden, was er in dem Zelt zu schaffen hat."

Wen hat Melissa erkannt?

BLUT AN DER WAND

„Das können Sie nicht von mir verlangen!" Agios' Stimme klang aufgebracht und ängstlich zugleich. „Ich bin Makedonier!"

Die Kinder kauerten stumm neben der Zeltwand, hinter der man die Silhouetten von Agios und vier anderen Männern erkennen konnte.

„Gerade deswegen ist es umso bedeutungsvoller", meinte ein großer Mann, der alle anderen überragte. „Ein Makedonier!" Er lachte verächtlich.

„Aber ich kann das nicht tun!"

„Wenn du Stephanos aus Chalcis lebend wiedersehen willst", sagte ein Mann, dessen Profil einen langen Bart verriet, „bleibt dir nichts anderes übrig."

„Die Delta-Vier!", wisperte Kallias aufgeregt. Doch Melissa hielt sich hastig ihren Finger vor die Lippen.

„Hast du die Farbe besorgt?", wandte sich der Bärtige gleich darauf an einen schlanken Mann.

„Mehr als genug", erwiderte dieser. Sein magerer Umriss durchquerte das Zelt und bückte sich, um einen Deckel von einem Gefäß zu heben. „Blutrot!", fügte er stolz hinzu.

„Hervorragend", lobte sein bärtiger Gefährte. „Das

69

bedeutet, dass alles für unseren ersten Anschlag bereit ist. Ich kann den Tag der Stieropfer kaum erwarten."

„Sind die Granatäpfel angekommen?", mischte sich der vierte Mann, der bisher geschwiegen hatte, ein.

Granatäpfel? Melissa und Kallias tauschten einen erstaunten Blick. Als Bauernkinder wussten sie, dass die Granatäpfel um diese Jahreszeit noch nicht reif waren.

„Ich erwarte die Lieferung spätestens morgen", erwiderte der Magere. „Es ist verdammt schwierig, reife Früchte zu finden. Feigen wären einfacher gewesen."

„Nicht für unsere Zwecke", erklärte der Große. „Granatäpfel sind nun mal seine Lieblingsspeise." Dann deutete er mit einer Kopfbewegung zu Agios. „Kann der jetzt nicht gehen? Wir brauchen ihn doch erst morgen Nacht. Bis dahin würde er uns nur im Weg stehen."

„Und wenn er sich aus dem Staub macht oder zu den Alytes geht?"

„Ach was, das würde er sich nie trauen. Er will doch seinen Herrn lebend wiedersehen. Nicht wahr?", wandte er sich an den Sklaven, der heftig nickte. „Dann verschwinde!"

Den ganzen folgenden Tag verbrachten die drei Freunde damit, fieberhaft nach Agios zu suchen. Er war am Vorabend, gleich nachdem er das Zelt verlassen hatte, wie vom Erdboden verschluckt gewesen. Doch obwohl sie jeden Winkel von Olympia absuchten, entdeckten sie nirgens eine Spur von ihm.

Zum Glück hatte sich Lysandros' Vater, der anfangs gemurrt hatte, inzwischen damit abgefunden, dass sein Sohn lieber mit seinen neuen Freunden unterwegs war, als ihn zu den Spielen zu begleiten. So konnten sie sich wenigstens ungestört ihren Nachforschungen widmen.

Zwischendurch schlichen sie sich immer wieder zum Zelt der Delta-Vier. Sie hofften, dort weitere Hinweise auf das Attentat oder den Aufenthaltsort des entführten Stephanos zu finden. Aber immer wenn sie nachsahen, war nur ein Sklave am Zelt und hielt Wache, die vier Männer schienen wie alle anderen Besucher bei den Spielen zu sein.

Schließlich brach der vierte Tag der Spiele an, der Tag der Stieropfer. Kurz nach Sonnenaufgang kam Agathos, der dicke Kaufmann aus Korinth, zum Lagerplatz gestürmt. Er war Frühaufsteher und hatte einen Morgenspaziergang zu den Imbissbuden unternommen.

„Haben Sie es schon gehört?", rief er aufgeregt.

Nikomedes blickte verwundert von seinem Kanten Brot auf. „Was ist geschehen?"

„Das Philippeion wurde geschändet!"

„Nicht möglich!"

„Jemand hat die Statuen der Königsfamilie im Bau mit Blut verschmiert und auf die Mauer dahinter ,Nieder mit Alexander' geschrieben!"

Lysandros, der mit seinen beiden Freunden gleich neben seinem Vater saß, verschluckte sich beinahe an einem Stück Schafskäse. Von wegen Blut! Er warf Melissa und Kallias einen vielsagenden Blick zu. Das war sicher die rote Farbe, von der die Männer im Zelt gesprochen hatten. Die Bande hatte, wie geplant, am Tag der Stieropfer zugeschlagen.

„Da hat wohl einer was gegen unseren König", meinte Nikomedes.

„Kein Wunder", erklärte Agathos, der vom Laufen schwer schnaufte. Er hockte sich neben sie auf den Boden und trank einen Schluck Wasser. „Wieso lässt

73

er das Philippeion auch mitten in die Altis bauen? Einen heiligen Ort, wo sonst nur Tempel stehen. Haben Sie die Statuen der Königsfamilie gesehen?" Agathos nahm noch einen Schluck. „Sie sind wie Götter dargestellt, aus Gold und Elfenbein. Damit haben sich die Makedonier bestimmt keine Freunde gemacht."

„Ich weiß", antwortete Nikomedes. „Es hat ihrer Beliebtheit sicher auch nicht geholfen, dass sie den Bau gleich nach der Schlacht von Chaironeia errichteten, in der das griechische Heer von den Makedoniern besiegt wurde. Ich kann schon verstehen, dass manche meinen, sie wollten damit zeigen, wer jetzt die Macht im Lande hat. Trotzdem finde ich es erstaunlich, dass jemand wagt, so etwas zu tun."

„In der Tat", stimmte ihm Agathos zu. „Wenn man bedenkt, dass Alexander seine politischen Gegner gewöhnlich sofort in die Verbannung schickt."

Wenig später machten sich alle auf den Weg zur Altis, denn niemand wollte an diesem heiligen Tag die Zeremonien der Stieropfer versäumen.

„Sie haben Agios dazu gezwungen, das Philippeion zu beschmieren ", flüsterte Melissa, die mit den Jungen ein Stück hinter den beiden Männern lief. „Allerdings bedeutet das noch lange nicht, dass wir uns jetzt auf die faule Haut legen können. Solange wir nicht wissen, was die Bande als Nächstes plant, ist Theron nicht außer Gefahr."

„Ob er endlich die Namen der Athleten, die mit K beginnen, herausgefunden hat?" Zwar hatte Kallias seinen Bruder bereits am Vortag, gleich nach den Pferderennen, danach gefragt, doch Theron hatte keine Ahnung. Obwohl er die meisten Sportler vom Sehen her kannte, war ihm nicht jeder einzelne dem Namen nach bekannt. Deswegen hatte er versprochen, sich zu erkundigen und ihnen die Namen heute früh mitzuteilen.

Der Weg zum Opferplatz führte am Philippeion vorbei. Davor drängten sich aufgebrachte Neugierige,

die nicht fassen konnten, was geschehen war. Lysandros stellte sich auf die Zehenspitzen, um einen Blick in den Bau zu erhaschen, doch die Menschen verstellten ihm die Sicht. Am Opferplatz, der ein Stück weiter Richtung Stadion lag, herrschte noch mehr Trubel. Athleten und Festgäste waren bereits eingetroffen und warteten ungeduldig auf die Priester mit den Stieren, die jeden Augenblick einziehen würden.

„Ich kann Theron sehen", verkündete Melissa. Sie deutete zum Heratempel, auf dessen Stufen die jugendlichen Athleten, alle festlich herausgeputzt, aufgereiht waren. „Sieht so aus, als hätte er uns etwas Wichtiges zu sagen, denn sonst würde er nicht wie blöde winken." Das Mädchen rannte los.

Auch Lysandros hatte den Jungen gleich entdeckt. Selbst aus der Entfernung konnte man sehen, dass sein Gesicht immer noch von den Spuren des Faustkampfs gezeichnet war – die Nase geschwollen, das linke Auge dunkelblau verfärbt.

„Und?", fragte Melissa ihren Bruder, als die drei sich zu ihm durchgekämpft hatten.

„Kliton aus Makedonien", antwortete er triumphierend. „Außer Kallimachos ist er der Einzige mit K."

„Kliton aus Makedonien?", sagte Lysandros überrascht. „Natürlich, jetzt wird mir alles klar!"

„Was?" Die Geschwister sahen ihn verwundert an.

„Es ist doch offensichtlich: Die Delta-Vier planen einen Schlag gegen die Makedonier. Erst besudeln sie die Statuen der makedonischen Königsfamilie, danach haben sie es auf einen makedonischen Sportler abgesehen."

„Aber Alexander ist auf dem Weg nach Indien, um neue Länder zu erobern", wandte Kallias ein. „Ein Anschlag auf einen makedonischen Sportler würde ihn doch sicher nicht groß interessieren?"

„Falls es sich um seinen Lieblingsathleten handelt, schon", entgegnete Lysandros. „Das würde seinen Stolz verletzen."

„Euer Freund könnte recht haben", mischte sich

Theron ein. „Angeblich genießt Kliton in Makedonien ein sehr hohes Ansehen."

„Dann müssen wir ihn unbedingt warnen", sagte Melissa bestimmt.

„Der Platz hier ist nur für die Athleten reserviert." Eine inzwischen bekannte Stimme wies die Kinder zurecht. „Ihr müsst euch eine andere Stelle zum Zuschauen suchen."

„Wo finden wir Kliton?", fragte Melissa, ohne auf den Polizisten zu achten.

„Auf der großen Terrasse vor den Schatzhäusern." Theron deutete auf die andere Seite des Opferplatzes, wo eine Gruppe von Athleten auf die Zeremonien wartete.

„Er trägt einen knielangen Chiton, der am unteren Rand verziert und dessen linke Schulter frei ist."

„Die Männer tragen alle knielange Chitons", stellte Melissa fest. „Kannst du ihn uns nicht genauer beschreiben?"

„Er hat zwei Gürtel umgebunden." Theron kniff angestrengt die Augen zusammen, um genauer sehen zu können. „Seine Sandalen sind nicht nur bis zum Knöchel, sondern bis zur Wade hochgeschnürt, und seine lockigen Haare hält er mit einem Stirnband aus dem Gesicht."

„Verschwindet jetzt endlich!", unterbrach ihn der Alytes wütend und drohte ihnen mit seiner Peitsche.

„Wir gehen ja schon", erwiderte Melissa gereizt und folgte den Jungen, die sich eilig entfernten.

Welcher der Athleten ist Kliton?

EIN SCHLECHTES OMEN

Stunden später war es den drei Freunden immer noch nicht gelungen, Kliton zu warnen. Zwar hatten sie mehrmals versucht, an ihn heranzukommen, doch die Alytes bewachten die Athleten mit Adleraugen. Als dann die Opfertiere mit den Priestern einzogen, war es sowieso unmöglich, sich durchs Gedränge zu schieben. Es blieb ihnen nichts anderes übrig, als zu warten.

„Ich kann das Brüllen der Tiere bald nicht mehr ertragen", stöhnte Lysandros, während er sich den Schweiß von der Stirn wischte. Anfangs hatte er die Rinder noch gezählt, doch nach dem fünfzigsten Stier hatte er aufgegeben. Mindestens hundert Tiere, die vergoldeten Hörner mit Blumen geschmückt, waren zum Hauptaltar der Altis geführt worden. Während die Priester sangen und heilige Zeremonien zu Ehren der Götter vollzogen, wurde dann ein Tier nach dem anderen geschlachtet.

„Was geschieht eigentlich mit dem restlichen Fleisch?", wunderte sich der Junge, dem aufgefallen war, dass die Opferknechte nur die Innereien, Schenkel und Haut auf das Feuer warfen.

„Das wird heute Abend an die Festgäste verteilt", erklärte Kallias.

„Ich könnte keinen Bissen davon runterkriegen", sagte Melissa leise. Sie hielt sich eine Hand vor die Nase und verscheuchte mit der anderen die lästigen Fliegen. Der Gestank des Blutes und der verbrannten Haare war unerträglich.

„Die Raubvögel dort oben denken anders", meinte ihr Bruder. Er deutete zu der Rauchfahne hoch, die über dem Opferfeuer emporstieg. Am Himmel zogen Greifvögel Kreise. Plötzlich glitt einer der Vögel im Sturzflug auf das Opferfleisch zu, packte sich mit sei-

nen Klauen ein Stück und war, bevor ihn einer der Priester verscheuchen konnte, mit seiner Beute verschwunden. Ein Raunen ging durch die Menge.

„Zeus sei uns gnädig", rief ein Mann dicht neben ihnen.

„Was ist los?" Lysandros verstand nicht, was daran so schlimm war.

„Raubvögel stehlen gewöhnlich nie Opferfleisch", erklärte Kallias. „Wenn es doch passiert, gilt es als äußerst schlechtes Omen."

„Ein schlechtes Omen?" Lysandros blickte auf die anderen Greifvögel, die immer noch über ihnen segelten. „Das hat uns gerade noch gefehlt. Wenn uns diese blöden Polizisten doch nur an Kliton ranließen, dann könnten wir ihn wenigstens warnen."

„Sobald die Priester mit den Opfern fertig sind", überlegte der Bauernjunge, „werden die Athleten ins Stadion ziehen. Zuvor müssen sie sich jedoch vorbereiten. Ihre Kleider ausziehen, sich einölen ..."

„Ich verstehe", fiel ihm Lysandros ins Wort. „Du meinst, wir könnten zur Echohalle, wie vor zwei Tagen, als wir nach dem Faustkampf mit Theron sprachen." Er schüttelte den Kopf. „Aber gegen die Alytes am Eingang haben wir keine Chance."

„Wir fangen Kliton schon an den Stufen ab", erklärte Kallias seinen Plan. „Noch bevor er in die Halle geht."

Endlich war es so weit. Das letzte Rind war geopfert worden, und die Priester beendeten ihren monotonen Singsang. Ein Herold verkündete das Ende der Opferfeier und gab bekannt, dass nach einer kurzen Mittagspause die Laufwettbewerbe im Stadion beginnen würden.

Die meisten Festbesucher strömten allerdings erst zu den Imbissbuden auf der heiligen Straße, um sich eine Kleinigkeit zu essen zu kaufen. Die drei Freunde dagegen eilten in die andere Richtung. Sie wollten Kliton auf keinen Fall verpassen.

Sie mussten nicht lange warten. Die Athleten kamen kurz darauf, begleitet von ihren Trainern, an der Echohalle an. Melissa, die sich noch genau an Therons Beschreibung von Kliton erinnerte, schritt auf den Sportler zu.

„Ich grüße Sie, Kliton aus Makedonien", sprach sie, noch bevor sie einer der Alytes aufhalten konnte. Dann verbeugte sie sich höflich. „Könnten wir bitte kurz mit Ihnen sprechen?"

„Wir haben keine Zeit", mischte sich der Trainer, der neben Kliton lief, unfreundlich ein. Rasch versuchte er, den Sportler die Treppen hochzubugsieren. Doch Kliton ließ sich von seinem Trainer nicht aufhalten.

„Für ein paar Kinder", meinte er lächelnd, „die mir sicher nur einen erfolgreichen Lauf wünschen wollen, kann ich bestimmt einen Augenblick finden."

„Wir wollen Sie warnen", platzte Melissa heraus. „Sie sind Makedonier und deswegen in großer Gefahr!"

„Wie bitte?" Kliton musterte die Kinder erstaunt.

„Sie haben doch sicher gehört, was mit dem Philippeion geschehen ist?", fragte Lysandros.

„Ach so, und ihr denkt, weil ich Makedonier bin, sei ich in Gefahr? Da macht euch mal keine Sorgen", beruhigte der Sportler die Freunde. „Das waren doch nur irgendwelche Idioten, die dachten, damit Makedonien eins auszuwischen. Doch was ein echter Makedonier ist, dem wird nicht so schnell bange."

„Wir müssen los", trieb ihn sein Trainer zur Eile an.

„Ich komme ja schon", antwortete Kliton und stieg die Stufen zur Echohalle hoch.

„Warten Sie!", rief Kallias ihm nach. „Was, wenn die Männer sie ermorden wollen?"

Doch Kliton war bereits in der Halle verschwunden.

„Wir haben ihn gewarnt", stellte Lysandros fest. „Wenn er uns nicht glauben will, ist das sein Problem." Er musterte die Festbesucher, von denen manche bereits zum Stadion zogen. „Kommt", forderte er seine Freunde auf. „Wir können hier sowieso nichts mehr tun. Wir sollten auch ins Stadion gehen, um einen guten Platz zu finden."

„Solange ich nicht weiß, was die Delta-Vier vorhaben, kann ich das nicht", erklärte Melissa trotzig. „Theron könnte immer noch in Gefahr sein. Wenn ihr euch den Stadionlauf ansehen wollt, dann tut das. Ich jedenfalls werde so lange weiter nachforschen, bis ich weiß, was geplant ist."

„Und wie willst du das anstellen?", fragte ihr Bruder.

„Ich werde Agios verfolgen", erklärte Melissa lässig.

„Agios? Den haben wir doch gestern schon nicht gefunden. Wie willst du ihn da hier unter den Tausenden von Zuschauern finden?"

„Nichts leichter als das", grinste sie, während sie mit einer Kopfbewegung zu den Schatzhäusern deutete.

Die beiden Jungen erkannten den Sklaven auf der langen Terrasse sofort. Er eilte gegen den Besucherstrom in Richtung Ausgang. Was hatte er vor? Wieso ging er nicht wie alle anderen ins Stadion?

„Hinterher!", rief Lysandros.

Es war mühsam, sich in entgegengesetzter Richtung durchs Gedränge zu zwängen. Als sie endlich bei den Garküchen auf der heiligen Straße angekommen waren, hatten sie Agios aus den Augen verloren.

„So ein Mist", fluchte Kallias. Er blickte die Straße entlang. Da waren nur die Budenbesitzer und vereinzelte Festbesucher, die noch hastig vor dem Stadionlauf ein paar Würstchen hinunterschlangen.

„Dort ist er!" Melissa hatte Agios wieder entdeckt. Der Sklave eilte gerade zielstrebig an den Tempelwerkstätten vorbei, nach denen er links abbog. „Ist das nicht der Weg zu den Badeanlagen?"

Als sie kurz darauf an dem Platz vor den Badehäusern ankamen, war Agios wie vom Erdboden verschluckt.

„Es gibt nur eine Möglichkeit", meinte Lysandros. „Der Sklave ist ins Bad gegangen." Er klopfte an der verschlossenen Tür. Das Echo hallte durch den Bau, doch sonst war nichts zu hören. Ungeduldig klopfte er ein zweites Mal, bis sich schließlich schlurfende Schritte näherten. Gleich darauf wurde die Tür geöffnet, und ein alter Mann musterte die Kinder durch den Spalt.

„Wir haben heute Nachmittag geschlossen", brummte er. „Wenn ihr baden wollt, müsst ihr heute Abend wiederkommen."

„Wir wollen nicht baden", sagte Lysandros. „Wir würden uns nur gerne mit dem Mann unterhalten, der gerade zu Ihnen reingegangen ist."

„Welcher Mann?" Der Alte blickte ihn verwundert an. „Außer mir ist niemand im Bad."

„Aber er muss hier sein", mischte sich Kallias ein. „Wohin könnte er sonst gegangen sein?"

„Woher soll ich das wissen", erwiderte der Bademeister. „Ihr könnt mir ruhig glauben. Außer mir ist niemand hier, und ich habe bis gerade eben geschlafen. Deswegen habe ich ja auch erst das zweite Klopfen gehört. Und jetzt verschwindet." Damit schlug er den Kindern die Tür vor der Nase zu.

„Der Mann lügt", stellte Melissa trocken fest. „Und wie schlecht. Ich möchte wetten, dass er Agios doch reingelassen hat."

Wieso denkt Melissa, dass der Mann gelogen hat?

Der geheime Plan

„Vielleicht gibt es noch einen anderen Eingang", überlegte Kallias. Doch gerade als er sich danach umsehen wollte, schwang die Tür zum Badehaus wieder auf. Hinter dem verlegen grinsenden Bademeister erschien Agios.

„Seid ihr allein?" Der Sklave sah sich vorsichtig um. Als er sich vergewissert hatte, dass den Kindern niemand gefolgt war, ließ er sie in die Eingangshalle treten. „Was wollt ihr von mir?"

Es dauerte einen Augenblick, bis sich ihre Augen an das Dämmerlicht in dem Vorraum gewöhnt hatten. Entlang der Wände standen Bänke, und auf der gegenüberliegenden Seite konnte man einen Durchgang erkennen, der vermutlich in den Umkleideraum und von dort zu den Bädern führte.

„Die Delta-Vier haben dich dazu gezwungen, das Philippeion zu beschmieren, nicht wahr?", stellte Melissa den Sklaven unverblümt zur Rede.

Agios gab keine Antwort.

„Das war also der Anschlag für den Tag der Stieropfer. Aber das war noch nicht alles, oder? Was wollen die Männer von dir? Sollst du Kliton ermorden?"

Er blieb weiterhin stumm.

„Was, wenn wir zur Polizei gingen?", forderte ihn Lysandros heraus. „Vielleicht würdest du dann etwas gesprächiger."

„Das dürft ihr auf keinen Fall tun", brach Agios sein Schweigen. „Außerdem würde euch sowieso niemand glauben. Bei den Delta-Vier handelt es sich um Ehrenmänner, die in ganz Hellas hohes Ansehen genießen. Sie sind über jeden Verdacht erhaben." Der Sklave hielt einen Augenblick inne. „Alles, was ihr damit erreichen würdet, wäre der sichere Tod meines Herrn Stephanos. Die Ermordung Klitons wäre damit bestimmt nicht zu verhindern."

„Gut, dann gehen wir wohl besser nicht zur Polizei", räumte Lysandros ein. „Wenn du uns allerdings in den genauen Plan einweihen würdest, könnten wir wenigstens versuchen, den Anschlag zu verhindern."

Doch Agios gab nicht nach.

„Die können doch unmöglich von dir verlangen, einen unschuldigen Mann zu ermorden, um einen anderen zu retten", fuhr der Junge unbeirrt fort. „Außerdem, was haben die Männer eigentlich gegen den armen Kliton?"

„Er ist Makedonier", erklärte Agios, „das ist alles. Die Delta-Vier kommen aus Theben, der Stadt, die

Alexanders Armee dem Erdboden gleichgemacht hat. Jetzt wollen sie sich an ihm und seinen Landsleuten rächen." Er rieb sich nervös die Hände. „Da der Athlet sehr beliebt ist, würde ein Anschlag gegen ihn nicht nur Alexander selbst, sondern jeden einzelnen Makedonier treffen."

„Mir kommt das alles viel zu umständlich vor", stellte Kallias nachdenklich fest. „Wieso heuern die Männer nicht einfach einen bezahlten Mörder an, statt erst Stephanos zu entführen, um dich damit zu erpressen, zu ihrem Handlanger zu werden?"

„Ursprünglich hatten sie das sicher vor, doch dann kam ihnen Stephanos in die Quere. Es blieb ihnen nichts anderes übrig, als ihn aus dem Weg zu schaffen."

„Ich verstehe das immer noch nicht", entgegnete der Junge. „Wieso konnten die Männer so sicher sein, dass du sie nicht verraten würdest?"

„Das ist doch wohl logisch. Wenn ich die Delta-Vier bei der Polizei anzeigen würde oder nicht täte, was sie von mir verlangen, würde ich Stephanos nie wieder lebend sehen. Ich kann meinen Herrn doch nicht einfach im Stich lassen."

„Wie kam Stephanos den Delta-Vier überhaupt erst auf die Spur?"

„Mein Herr ist ein Spion Alexanders des Großen", erklärte Agios, während er nervös an seiner Tunika zupfte. „Als Alexander aus geheimen Quellen erfuhr, dass während der Spiele etwas gegen die Makedonier geplant sei, schickte er Stephanos, um mehr herauszufinden."

„Und was soll als Nächstes geschehen?", fragte Melissa betont beiläufig. Agios war plötzlich sehr gesprächig. Vielleicht würde er jetzt doch mehr preisgeben.

„Ich soll ..." Er hielt plötzlich inne. „Aber wieso erzähle ich euch das eigentlich? Ihr müsst euch unbedingt aus der Sache raushalten. Es ist zu gefährlich."

„Aus der Sache raushalten", schimpfte Kallias, als die drei sich wenig später auf dem Rückweg zur Altis befanden. „Als ob wir nicht schon mittendrin steckten." Wütend schlug er nach einer Fliege.

Am Opferplatz neben den Tempeln waren Männer immer noch damit beschäftigt, das Fleisch der Tiere, das nicht geopfert worden war, in handliche Stücke zu schneiden. Mit zugehaltenen Nasen eilten die Kinder zum Stadion, aus dem die Jubelrufe der Zuschauer drangen.

„Wenigstens ist Theron außer Gefahr", seufzte Melissa. „Die Delta-Vier haben nur etwas gegen Makedonier."

„Stimmt", erwiderte Lysandros. „Trotzdem dürfen wir jetzt nicht aufgeben. Wir müssen einen Mord verhindern."

„Aber was sollen wir tun? Wir wissen ja nicht mal, was genau geplant ist."

„Das tut nichts zur Sache", begann Lysandros, seinen Plan zu erklären. „Wir müssen nur Agios davon abhalten, den Anschlag auszuführen. Und das erreichen wir ganz einfach dadurch, dass wir Stephanos befreien. Sobald der Mann auf freiem Fuß ist, hat sein Sklave keinen Grund mehr, den Befehlen der Delta-Vier zu folgen. Als königlicher Spion könnte Stephanos die Verbrecher dann verhaften, und auch Kliton hätte nichts mehr zu befürchten."

„Und wie sollen wir den Mann finden?"

„Wir durchstöbern das Zelt der Thebaner. Vielleicht können wir dort Hinweise finden, wo sie ihn versteckt halten."

Ganz so einfach war es dann allerdings doch nicht. Im Eifer des Gefechts hatten sie den Sklaven vergessen, der den Eingang des Zeltes offenbar Tag und Nacht bewachte. Unverrichteter Dinge mussten sie abends in ihr Lager zurückkehren. Und auch am nächsten Morgen, als jedermann zu den Siegesfeiern ins Stadion gezogen war, stand der Wachmann stramm vor dem Zelt.

„Da kommen wir nie rein", stellte Kallias fest, als sie die Lage vom Nachbarzelt aus begutachteten.

„Ich habe eine Idee", flüsterte Melissa. Sie schlich hinter das Zelt der Thebaner, um die Abspannleinen, die die Planen aufrecht hielten, zu untersuchen. Gleich darauf machte sie sich eifrig an einem der Knoten zu schaffen. Triumphierend deutete sie auf die schmale Lücke, die sich zwischen Boden und Seitenwand des Zeltes gebildet hatte.

„Ich kann hier durchkriechen, während ihr aufpasst, dass mich niemand stört", flüsterte sie den Jungen zu. „Pfeift dreimal kurz, wenn sich jemand dem

Zelt nähert." Dann legte sie sich flach auf den Bauch
und zwängte sich durch den Spalt.

Einen Augenblick später stand Melissa im Zelt. Unter ihren Füßen fühlte es sich weich an. Auf den Tep-
pichen, mit denen der Boden ausgelegt war, lagen sei-
dene Sitzkissen, vom Dach hingen mehrere Öllampen.
Obwohl das Mädchen selbst nicht so recht wusste,
wonach sie eigentlich suchte, begann sie, das Zelt
systematisch zu durchstöbern. Einen Hinweis auf
Stephanos fand sie nirgendwo. Dann, gerade als sie
wieder nach draußen kriechen wollte, entdeckte sie

unter einem der Kissen eine Kassette. Der Deckel war unverschlossen und ließ sich leicht öffnen.

„Eine Wachstafel", murmelte sie und wollte die Schatulle schon wieder schließen, als sie unter der Tafel eine kleine Papierrolle entdeckte. Vorsichtig löste sie das rote Band. Auch wenn sie nicht lesen konnte, erkannte sie doch den Grundriss der Altis mit den Tempeln. Im nächsten Augenblick pfiff es draußen dreimal. Stimmen näherten sich dem Zelt. Hastig packte sie das Papier, verstaute die Kassette wieder unter dem Kissen und kroch so schnell sie konnte durch den Spalt.

Wenig später, als die drei in sicherer Entfernung im Schatten eines Olivenbaums hockten, zeigte Melissa den Jungen ihren Fund.

„Lies vor", befahl das Mädchen, während sie Lysandros das Blatt vor die Nase hielt. „Vielleicht haben die Männer aufgeschrieben, wo sie Stephanos gefangen halten."

„Seltsam", murmelte der Junge nachdenklich. „Hier stehen nur Zahlen." Erst dann entdeckte er die Buchstaben am Rand. „Moment mal", meinte er. „A ist 1 und B ist 2 ... Wenn man auf diese Weise jeden Buchstaben des Alphabets mit einer Ziffer ersetzt, erhält man einen Zahlencode. Ob sich damit die Schrift entziffern lässt?" Er begann, einen Buchstaben nach dem anderen zu entschlüsseln und in den Sand zu malen.

„Bei Zeus!", meinte er schließlich, hier steht nicht nur, wo Stephanos versteckt ist, sondern auch, wo der Anschlag auf Kliton stattfinden soll!"

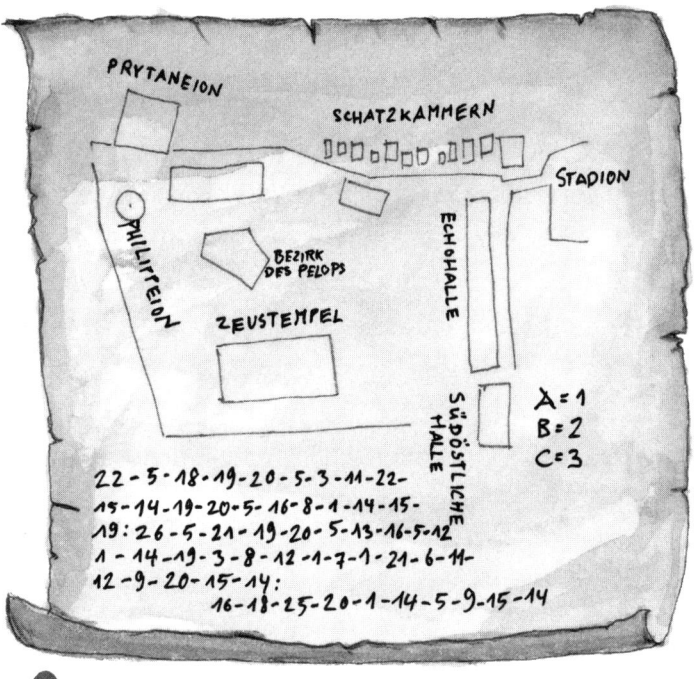

? Was steht auf dem Papier?

IM LETZTEN AUGENBLICK

„Das kann unmöglich stimmen", sagte Kallias zweifelnd. „Die Delta-Vier hätten Stephanos nie ungesehen in den Tempel bringen können."

„Trotzdem müssen wir nachsehen", meinte Lysandros.

„Der Anschlag soll im Prytaneion stattfinden", warf Melissa unvermittelt ein. „Ist das nicht dort, wo nach der Siegesfeier das Festbankett abgehalten wird?" Ohne eine Antwort abzuwarten, fuhr sie fort. „Ob Klitons Lieblingsfrüchte wohl Granatäpfel sind?"

Als die beiden Jungen sie nur verständnislos anstarrten, erklärte sie ihre Theorie. „Die Delta-Vier sprachen von einer Lieferung Granatäpfel. Da es um diese Jahreszeit nicht einfach ist, reife Früchte zu finden, haben sie damit sicher etwas vor."

Jetzt erinnerte sich auch Kallias an das Gespräch im Zelt, das sie belauscht hatten. „Sie wollen Kliton beim Festbankett vergiften!"

„Richtig. Und das müssen wir verhindern." Melissa prüfte den Stand der Sonne. „Es ist kurz vor Mittag. Das gibt uns genügend Zeit, vor dem Festbankett im Zeustempel nach Stephanos zu suchen."

98

Die Tempelhalle war menschenleer. Niemand, auch nicht die Priester, wollten sich die Siegesfeiern entgehen lassen. Nur im Säulengang auf der linken Seite sahen sie einen Sklaven, der den Marmorboden polierte. Doch glücklicherweise war er so in seine Arbeit vertieft, dass er die Kinder nicht bemerkte.

„Vielleicht kann uns Zeus bei der Suche nach Stephanos helfen." Melissa blickte ehrfürchtig zur Götterstatue hoch, während sie ein stummes Gebet sprach.

Kallias dagegen fing unverzüglich an, sich umzusehen.

„Von dort oben kann man sicher alles gut über-

blicken." Er hatte Wendeltreppen entdeckt, die auf beiden Seiten der Halle zum oberen Stockwerk führten. Im nächsten Augenblick war er auf dem Balkon, doch schon wenig später kam er wieder unten an. „Nichts", murmelte er enttäuscht.

Unterdessen war Lysandros am Rand des Ölbeckens entlang auf die Statue zugeschritten. „Der einzige Ort, an dem man hier jemanden verstecken könnte", überlegte er, „ist hinter der Statue." Er deutete auf die hohen steinernen Sperren, die beiderseits des göttlichen Thrones die Halle abgrenzten. „Allerdings kommen wir da nie rüber."

„Wir könnten durch die Tür gehen", schlug Melissa vor. Kaum sichtbar zwischen den bunt bemalten Steinplatten war eine winzige Pforte eingelassen. Sie drückte mit der Hand dagegen und war selbst erstaunt, als diese nachgab. „Los, kommt", flüsterte sie und trat in den schmalen Gang, der hinter die Statue führte. Es war dunkel, doch am anderen Ende konnten sie ein flackerndes Licht erkennen.

„Eine Abstellkammer!", stellte sie enttäuscht fest. Außer Besen und Werkzeugen war zwischen der rückwärtigen Wand des Tempels und der Statue nichts zu sehen.

„Ich habe gehört, die Statue soll hohl sein." Kallias

begann, die Holztäfelung, die den Unterbau der Statue umgab, abzutasten. Tatsächlich dauerte es nicht lange, bis er eine lose Latte fand, die sich leicht auf die Seite schieben ließ. Aufgeregt zog er eine der Fackeln aus der Wandhalterung und leuchtete damit die Öffnung aus.

„Bei Zeus", staunte der Junge, während sich die anderen beiden neben ihn drängten. Ein riesiges Holzgerüst stützte die vergoldete Elfenbeinstruktur von innen.

Das Bündel in der dunklen Ecke sah Kallias zunächst nicht. Doch Melissa hatte es gleich entdeckt.

„Stephanos!", stieß sie hervor und kroch eilig in den Hohlraum.

„Euch senden die Götter", sagte der Mann dankbar, als die Kinder ihm Knebel und Fesseln lösten. „Wie habt ihr mich hier gefunden?" Eilig schilderten sie ihm die Ereignisse der vergangenen Tage.

„Welche Tageszeit ist es jetzt?", fragte Stephanos, nachdem die drei ihren Bericht abgeschlossen hatten.

„Kurz nach Mittag."

„Was? Dann sind die Athleten längst vom Stadion ins Prytaneion gezogen, um dort weiterzufeiern. Wenn eure Vermutung stimmt und Kliton vergiftet werden soll, dürfen wir keine Zeit verlieren." Er rieb seine Handgelenke und streckte seine Glieder. „Los! Wir können den Tempel durch die Hintertür verlas-

sen. Die gleiche Tür, durch die mich die Delta-Vier mithilfe eines Priesters reingeschmuggelt haben."

„Ein Priester?", fragte Lysandros ungläubig.

„Für Erklärungen haben wir jetzt keine Zeit", erwiderte der Mann. „Das Festbankett beginnt jeden Augenblick." Er schob den Riegel auf die Seite, und sie traten hinaus ins blendende Tageslicht.

„Wer war die Frau, die Ihnen die Warnung geschickt hat?", fragte Lysandros neugierig, als sie auf dem Weg zum Prytaneion rannten, das gleich hinter dem Zeustempel lag.

„Mikons Tochter."

„Und wer ist Mikon?"

„Einer von Alexanders Spionen."

„Wieso schrieb er, dass außer Kliton auch andere Athleten in Gefahr schweben?" Melissa machte sich immer noch Sorgen um Theron.

„Damit meinte er andere makedonische Sportler, doch Kliton ist dieses Jahr der einzige." Stephanos klang ungeduldig. „Könnt ihr nicht aufhören, mir Löcher in den Bauch zu fragen? Wir müssen einen Anschlag verhindern." Und so eilten sie die Stufen zum Prytaneion hoch.

Die Feier war bereits in vollem Gange. Die Athleten, ihre Trainer, Schiedsrichter und offizielle Ge-

sandte der griechischen Städte lagen oder saßen auf Liegen, die man um Tische herum aufgestellt hatte. Sklaven servierten Speisen und Getränke.

„Agios!", schrie Melissa, die den Sklaven im Trubel entdeckt hatte. Er stand vor Kliton, eine Schale mit Granatäpfeln in der Hand. Erstaunte Blicke folgten dem Mädchen, das über Liegen und Tische sprang und sich im nächsten Augenblick an dem Sklaven festklammerte. „Die Granatäpfel sind vergiftet!", rief sie, so laut sie konnte.

Ein Wachmann packte sie, doch Melissa hörte nicht auf zu schreien, bis die Aufmerksamkeit des ganzen Saales auf sie gerichtet war. „Die Granatäpfel sind vergiftet", wiederholte sie immer wieder.

Lysandros und Kallias standen währenddessen
nicht untätig herum. Sie sahen sich im Saal nach den
Delta-Vier um, doch da sie nur die Umrisse der Männer gesehen hatten, war es fast unmöglich, sie zu erkennen.

„Dort hinten", zischte Lysandros plötzlich. Er hatte
einen Mann mit langem Bart entdeckt, der sich von
seiner Liege erhoben hatte und so unauffällig wie
möglich auf den Ausgang zuschritt. Dicht auf den
Fersen folgten ihm drei weitere Männer, einer davon
sehr groß, ein anderer auffällig schlank. Kein Zwei-
fel, das waren die Attentäter!

Als die beiden Jungen losrannten, begannen auch
die Männer zu laufen, doch Lysandros und Kallias

waren schneller. Sie warfen sich mit vereinten Kräften auf den bärtigen Mann, der zu Boden stürzte. Die drei anderen, die nicht mit dem Hindernis gerechnet hatten, stolperten über ihren Gefährten, und alle vier landeten in einem wirren Haufen auf dem Boden.

Inzwischen hatte Stephanos den Schiedsrichtern und anderen Offiziellen erklärt, was vor sich ging. Nach dem Fluchtversuch der Männer zweifelte niemand mehr daran, dass die Geschichte wahr war, und die Alytes führten die Verbrecher ab.

Kurz darauf war es fast, als sei nichts geschehen. Fröhlich fuhren die Festgäste fort zu trinken und zu schmausen.

„Ich muss mich bei euch entschuldigen", meinte Kliton, der die Freunde eingeladen hatte, neben ihm auf der Liege Platz zu nehmen. „Ich hätte euch glauben sollen." Er nahm seinen Siegeskranz vom Kopf und riss drei Blätter davon ab, die er an die Kinder verteilte. „Als Dank", meinte er lächelnd. Dann hob er seinen Becher. „Auf meine drei Retter!"

„Wirst du in vier Jahren wiederkommen?", fragte Kallias seinen Freund, als sie am Morgen des nächsten Tages Abschied voneinander nahmen.

„Und ob", erwiderte Lysandros. „Doch statt auf Verbrecherjagd zu gehen, könnten wir uns dann vielleicht doch den Stadionlauf ansehen."

„Habt ihr es gut", meinte Melissa leise. „Ich bin dann vermutlich längst verheiratet und darf die Spiele nicht mehr ansehen." Dann grinste sie. „Es sei denn, ich verkleide mich als Mann."

„Komm schon", trieb Nikomedes seinen Sohn zur Eile an. „Wir haben eine lange Reise vor uns."

Wenig später schritten Vater und Sohn die heilige Straße entlang. Dort, wo der Weg um den Kronoshügel führte, blieb Lysandros noch einmal stehen und drehte sich um. Neben der Mauer, hinter der die riesigen Säulen des Zeustempels emporragten, sah er zwei winzige Gestalten, die ihm hinterherwinkten.

„Bis zum nächsten Mal!", rief er und eilte seinem Vater nach.

LÖSUNGEN

Eine dringende Botschaft

Die Wörter müssen rückwärts gelesen werden. Die Nachricht lautet: Delta-Vier plant Attentat. Muss unbedingt verhindert werden. K... und andere Athleten schweben in großer Gefahr. Mikon.

Einzug in Olympia

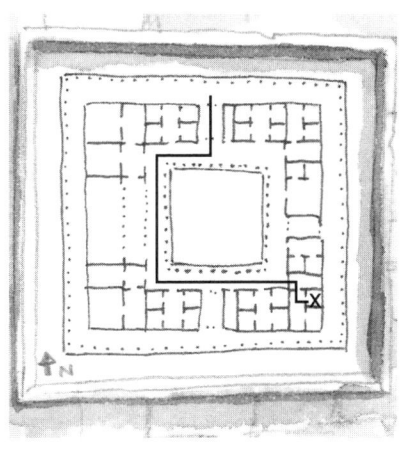

Ruhmreiche Statuen

Nur die markierten Buchstaben müssen gelesen werden. Der Treffpunkt ist am Stadioneingang.

Entführt
Der Anschlag ist am vierten Tag der Spiele geplant,
dem Tag, an dem auch die Stieropfer stattfinden.

Therons Kampf
Melissa und Kallias sind links
unten im Bild zu sehen.

Verräterische Schatten
Melissa hat Agios erkannt.

Blut an der Wand
Kliton ist der Sechste von rechts.

Ein schlechtes Omen
Der Bademeister behauptet, geschlafen zu haben und
deshalb erst das zweite Klopfen gehört zu haben.
Wenn er weiß, dass zwei Mal geklopft wurde, muss er
aber auch das erste Mal gehört haben.

Geheimcode
Auf dem Papier steht: Versteck von Stephanos – Zeustempel, Anschlag auf Kliton – Prytaneion

Glossar

Alexander der Große (356–323 v. Chr.): makedonischer König, der die griechischen Stadtstaaten vereinte und das Reich weit nach Osten ausdehnte

Alpheios: einer der beiden Flüsse Olympias

Altis: heiliger Bereich in Olympia, wo der Opferaltar und die Tempel stehen

Alytes: olympische Polizisten, die auf dem Gelände für Ordnung sorgten

Bouleuterion: Ratsgebäude Olympias, in dem die Athleten eingeschworen wurden

Chaironeia: Ort in Griechenland, an dem das makedonische Heer die Athener 338 v. Chr. besiegte und damit die makedonische Herrschaft über alle Stadtstaaten festigte

Chalcis: Stadt in Griechenland

Chiton: knie- oder bodenlanges Kleidungsstück aus einem Stück Stoff, das an den Schultern mit einer Fibel zusammengehalten wurde

Echohalle: Säulenhalle am westlichen Ende des Stadions in Olympia (erbaut ca. 350 v. Chr.)

Elis: griechische Stadt nördlich von Olympia, wo die Athleten vor den Spielen trainierten

Ephesos: griechische Stadt in Kleinasien

Epidauros: griechische Stadt im nordöstlichen Peloponnes

Granatapfel: apfelähnliche rote Frucht, deren essbare Samenkerne mit Fruchtfleisch umgeben sind

Hellas: Griechenland

Heureka: altgriechisch für „Ich habe es gefunden!"

Hera: Frau von Zeus und Schutzgöttin der Ehe

Herodoros: Trompeter aus Megara, der 328 v. Chr. den olympischen Wettbewerb der Trompeter gewann

Herold: offizieller Bote

Himation: rechteckiges Kleidungsstück, das um den Körper geschlungen oder über anderen Kleidungsstücken als Mantel getragen wurde

Kladeos: einer der beiden Flüsse Olympias

Kliton: makedonischer Athlet, der 328 v. Chr. den Stadionlauf gewann

Korinth: Stadt in Griechenland

Kronoshügel: nach dem Gott Kronos benannter Hügel, an dessen Fuß Olympia liegt

Leonidaion: Herberge für offizielle Ehrengäste in Olympia (erbaut ca. 330 v. Chr.)

Makedonier: griechischer Stamm, der unter Philipp I. und Alexander dem Großen die zersplitterten griechischen Stadtstaaten vereinte

Marathonlauf: erstreckt sich über eine Länge von circa 42 km. Die Strecke wurde erstmals 490 v. Chr. von einem Soldaten zwischen Marathon und Athen gelaufen, der die Nachricht vom Sieg der Griechen gegen die Persier überbrachte. Der Marathonlauf wurde erst in den Spielen der Neuzeit zur olympischen Disziplin.

Nike: griechische Siegesgöttin

Oinomaos: sagenhafter König von Elis, der in Olympia gegen Pelops im Wagenrennen antrat und dabei in den Tod stürzte

Olympia: Austragungsort der antiken Olympischen Spiele

Olympiade: der vierjährige Zeitraum zwischen zwei Olympischen Spielen

Ostrakon: Tonscherbe, die für kurze schriftliche Mitteilungen benutzt wurde

Peloponnes: Halbinsel im Süden Griechenlands

Pelops: sagenhafter Prinz, der König Oinomaos im Wagenrennen besiegte und anschließend dessen Tochter heiratete. Der Peloponnes ist nach ihm benannt.

Philippeion: Rundbau in Olympia, der von Philipp II. gestiftet wurde und in dem die Statuen der Königsfamilie standen

Prytaneion: olympisches Verwaltungsgebäude, in dem die Siegesbankette stattfanden

Stadionlauf: Wettlauf über die Länge eines Stadions (ca. 192 m)

Stoa: griechische Säulenhalle

Strigilis: schmales Instrument, mit dem Schweiß und Schmutz vom Körper geschabt wurden

Tunika: knielanges, hemdartiges Kleidungsstück

Zeus: griechischer Göttervater

ZEITTAFEL

Um 2500 v. Chr.	Erste Besiedelung Olympias
Um 1000 v. Chr.	Olympia wird zum Kultplatz, an dem religiöse Feste und sportliche Wettbewerbe zu Ehren der Götter stattfinden.
824 v. Chr.	Die Könige von Elis, Pisa und Sparta rufen erstmals die heilige Waffenruhe aus, um den Athleten eine sichere Anreise nach Olympia zu gewährleisten.
776 v. Chr.	Die Olympischen Spiele werden erstmals schriftlich belegt. Aus einer Siegerliste geht hervor, dass Koroibos, ein Koch aus Elis, den Stadionlauf gewann.
724 v. Chr.	Bei den 14. Spielen wird als zweite Disziplin der Diaulos, ein Doppellauf (ca. 385 m), eingeführt.
720 v. Chr.	Der Dolichos, ein Langstreckenlauf über 20 Stadien (3840 m), wird hinzugefügt. Gleichzeitig schreibt eine neue Regel vor, dass die Athleten nur noch unbekleidet antreten dürfen.
708 v. Chr.	Bei den 18. Spielen wird der Pentathlon eingeführt, ein Fünfkampf, der sich aus Diskuswerfen, Weitsprung, Speerwurf, Stadionlauf und Ringkampf zusammensetzt.
688 v. Chr.	Der Boxkampf wird erstmals bei den 23. Spielen ausgetragen.
680 v. Chr.	Erstes Wagenrennen im Hippodrom

648 v. Chr.	Pankration (eine Kombination von Faust- und Ringkampf) sowie das Galopprennen werden eingeführt.
632 v. Chr.	Jugendliche dürfen zum ersten Mal an den Spielen teilnehmen (Wettlauf und Ringkampf).
628 v. Chr.	Fünfkampf für Jugendliche wird eingeführt, doch gleich wieder abgesetzt.
616 v. Chr.	Faustkampf wird als weitere Disziplin für Jugendliche hinzugefügt.
um 600 v. Chr.	Bau des Heratempels, des ältesten Bauwerks in der Altis
520 v. Chr.	Einführung des Waffenlaufs (ca. 385 m)
510 v. Chr.	Errichtung der Demokratie in Athen
470 v. Chr.	Bau des Prytaneions
456 v. Chr.	Der Zeustempel wird fertiggestellt.
430 v. Chr.	Die Zeusstatue wird im Tempel errichtet.
408 v. Chr.	Wagenrennen mit Zweigespann wird eingeführt.
396 v. Chr.	Die Wettbewerbe der Herolde und Trompeter finden erstmals statt.
356 v. Chr.	Philipp I. von Makedonien gewinnt das Pferderennen in Olympia.
350 v. Chr.	Bau der Echohalle
338 v. Chr.	Nachdem Philipp II von Makedonien die Thebaner und Athener besiegt hat, unterwerfen sich die restlichen griechischen Stadtstaaten der makedonischen Herrschaft.
um 338 v. Chr.	Philipp I. lässt das Philippeion in Olympia bauen.

330 v. Chr.	Bau des Leonidaion
328 v. Chr.	Kliton aus Makedonien gewinnt den Stadionlauf.
324 v. Chr.	Alexander der Große lässt bei den 113. Olympischen Spielen eine Amnestie für alle anti-makedonischen Exilgriechen verkünden.
200 v. Chr.	Pankration für Jugendliche wird eingeführt. Im gleichen Jahr wird das Gymnasion, ein Trainingsplatz für Athleten, erbaut.
um 300 v. Chr.	Bau der Palästra, einer Sportanlage für Athleten
148–146 v. Chr.	Die Römer erobern Griechenland.
393 n. Chr.	Kaiser Theodosius I. verbietet die Olympischen Spiele.
1875	Archäologische Wiederentdeckung Olympias
1896	Auf Anregung des Franzosen Baron de Coubertin finden die ersten Olympischen Spiele der Neuzeit in Athen statt.

Die Olympischen Spiele der Antike

Das Heiligtum von Olympia

Am Fuß des Kronoshügels, in einem grünen Tal im nordwestlichen Peloponnes, liegen die Ruinen von Olympia. An dieser heiligen Stätte fanden schon vor mehr als 3000 Jahren sportliche Veranstaltungen statt, die 776 v. Chr. erstmals schriftlich aufgezeichnet wurden. Um die Götter zu ehren, lief man auf einer Sandbahn um die Wette und brachte auf einem Aschenaltar Opfer dar. Ähnliche Wettkämpfe fanden zwar auch an anderen Orten Griechenlands statt, doch die Olympischen Spiele waren bei Weitem die bedeutendsten. Über die Jahrhunderte hinweg wurden um den Altar herum prächtige Tempel errichtet. Die Sandbahn wurde durch ein Stadion ersetzt, eine Pferderennbahn wurde angelegt, und zahlreiche weitere Monumente wurden hinzugefügt. Da gab es Säulenhallen, Verwaltungsbauten, Empfangsräume, Badehäuser, ein Schwimmbecken, Trainingsstätten für die Athleten, Schatzhäuser, in der die griechischen Städte Kostbarkeiten zur Schau stellten, Werkstätten und eine Herberge. Das berühmteste Denkmal war der Zeustempel, dessen zwölf Meter hohe Statue über den Mittelmeerraum hinaus bekannt war und die zu den sieben Weltwundern der Antike zählte.

Die Olympischen Spiele

Wie heute fanden die Spiele alle vier Jahre statt. Sobald die Priester den genauen Termin, kurz vor Vollmond im Hochsommer, festgelegt hatten, zogen Herolde von Stadt zu Stadt, um die Bürger zum Fest einzuladen. Gleichzeitig verkündeten sie dabei den Heiligen Frieden, der für die Dauer der Spiele und kurze Zeit davor und danach eingehalten werden musste. Da sich die griechischen Stadtstaaten oft bekriegten, sollte diese Waffenruhe die gefahrlose An- und Rückreise der Sportler und Zuschauer garantieren.

Kurz darauf strömten dann Reisende aus allen Himmelsrichtungen nach Olympia. Selbst Bürger aus den griechischen Kolonien in Spanien, Nordafrika und Kleinasien scheuten die lange Reise nicht. Der stille Ort, an dem gewöhnlich nur Priester lebten und das Personal, das sich um die Instandhaltung der

Tempel kümmerte, war nicht mehr wiederzuerkennen. Überall stellten Händler ihre Marktstände auf, um Lebensmittel und andere Waren anzubieten. Zeltstädte wurden errichtet und Lager auf dem Gelände um den Heiligen Hain aufgeschlagen. Da die einzige Herberge offiziellen Gästen vorbehalten war, schliefen die meisten Festgäste unter freiem Himmel.

Wenn dann die Wettbewerbe begannen, drängten sich die Menschenmassen ins Stadion, wo es nur für die Schiedsrichter und Priester eine steinerne Tribüne gab. Den anderen Zuschauern blieb nichts anderes übrig, als sich einen Sitzplatz auf dem Erdboden zu ergattern. Doch all das nahm man gerne in Kauf, denn die Olympischen Spiele waren ein unvergessliches Erlebnis, das man um nichts auf der Welt missen wollte.

Die Athleten

Sport spielte in der Erziehung griechischer Kinder eine große Rolle. Außer in Lesen, Schreiben und Musik wurden junge Griechen in den verschiedensten Sportarten unterrichtet. Auch Erwachsene liebten es, sich körperlich zu betätigen. Deswegen fand sich in fast jeder Stadt eine Palästra, ein Sportzentrum, in dem sich Männer und Jugendliche treffen konnten. Talentierte Athleten, die an den Olympischen Spielen teilnehmen wollten, begannen sich dort frühzeitig darauf vorzubereiten. Einen Monat vor Spielbeginn wurden sie dann aufgefordert, nach Elis, eine kleine Stadt nördlich von Olympia, zu ziehen.

Hier wurde ihr Training unter der strengen Aufsicht der Schiedsrichter fortgesetzt. Gleichzeitig mussten sie sich an strikte Diätregeln halten. Jeder Mann durfte sich um die Teilnahme bewerben, vorausgesetzt, er war Grieche. Welchen Beruf er im Alltag ausübte, war egal. Koroibos aus Elis, der 776 v. Chr. den Stadionlauf gewann, war ein Koch, der berühmte Boxer Glaukos ein Bauer. Frauen dagegen waren sowohl von der Teilnahme als auch als Zuschauer ausgeschlossen. Nur die Priesterin Demeter Chamyne und unverheiratete Mädchen durften sich während der Spiele in Olympia aufhalten. Allen anderen drohte dafür die Todesstrafe. Allerdings gab es für sportliche Frauen einen eigenen Wettbewerb, bei dem sie um die Wette laufen konnten: die Heraspiele, die ebenfalls alle vier Jahre in Olympia stattfanden.

120

Sportarten

Anfangs war der einzige Wettbewerb, der in Olympia ausgetragen wurde, ein Wettlauf, der die Länge eines Stadions maß. Andere Disziplinen wurden erst nach und nach hinzugefügt. Später gab es dann unterschiedliche Laufwettbewerbe, Faustkampf, Wagen- und Pferderennen, sowie den Pankration, eine Mischung aus Boxen und Ringen. Besonders beliebt war der Pentathlon, bei dem die Athleten gleich in fünf verschiedenen Disziplinen antreten mussten (Diskuswurf, Weitsprung, Wettlauf, Speerwurf und Ringen). Jugendliche wurden erstmals 632 v. Chr. zu den Spielen zugelassen. Allerdings durften sie nur laufen, ringen und boxen. Wassersport wie Schwimmen gab es in der Antike nicht.

Um sicherzugehen, dass niemand betrog, überwachten Schiedsrichter die Wettbewerbe. Wer trotzdem unehrliches Spiel trieb, musste eine Strafe bezahlen. Mit diesem Geld wurden im Heiligen Hain Bronzestatuen von Zeus errichtet. Sie sollten künftige Athleten warnen, stets ehrlich zu sein und den Sieg durch Schnelligkeit und Körperkraft, nicht durch Betrug zu erringen.

Der Siegespreis

Als Siegespreis gab es keine Goldmedaillen wie heute, sondern einen einfachen Kranz aus Olivenzweigen. Die Zweige stammten vom heiligen Ölbaum, der gleich neben dem Zeustempel wuchs. Auch wenn es ein bescheidener Preis war, so strebte doch jeder Athlet danach, ihn zu erreichen, denn der Kranz versprach ihm Ruhm und Ehre im ganzen Land. Den Siegern wurde im Heiligen Hain eine Statue errichtet und ihre Leistungen in Gedichten verherrlicht.

Zurück in ihrer Heimat, wurden sie dann als Helden gefeiert. Obendrein gewährte man ihnen lebenslang Sonderrechte wie Essen auf Staatskosten und einen Ehrenplatz im Theater in der ersten Reihe. Allerdings wurde nur derjenige mit einem Preis ausgezeichnet, der als Erster ins Ziel kam oder alle anderen Gegner besiegte. Wer nur den zweiten oder dritten Platz erreichte, ging leer aus.

122

Ende und Neubeginn der Olympischen Spiele

Als der römische Kaiser Theodosius I. die Olympischen Spiele 393 n. Chr. abschaffte und das Christentum allmählich die alten Religionen ersetzte, geriet Olympia in Vergessenheit. Erdbeben zerstörten die Tempel, und Hochwasser verwüsteten das Stadion und die Pferderennbahn. Erst im 19. Jahrhundert, als Archäologen die Ruinen freilegten, begann man sich wieder für die Spiele des Altertums zu interessieren. 1894 schlug der Franzose Baron Pierre de Coubertin vor, die antiken Spiele wieder zum Leben zu erwecken. Und als sich die ersten Olympischen Spiele der Neuzeit, zwei Jahre später in Athen, als Erfolg erwiesen, wurde beschlossen, sie regelmäßig zu wiederholen.

Heute finden die Olympischen Spiele nicht immer am gleichen Ort, sondern in den unterschiedlichsten Ländern der Welt statt. Die Teilnahme ist zudem nicht nur auf griechische Bürger beschränkt. Athleten aus der ganzen Welt, egal ob Männer oder Frauen, dürfen daran teilnehmen. Doch auch wenn die Spiele sich verändert haben, so gelten sie immer noch als ein großartiges sportliches Ereignis, das Menschen aus allen Himmelsrichtungen zusammenführt.

Renée Holler, Jahrgang 1956, studierte Ethnologie und arbeitete zunächst als Buchherstellerin, bevor sie auf Reisen rund um die Welt ging. Seit 1992 lebt sie mit Mann und zwei Kindern in England, wo sie schreibt und übersetzt.

Günther Jakobs, geboren 1978, studierte Design und Philosophie und arbeitet seitdem als Kinder- und Jugendbuchillustrator. Wenn er eine Pause braucht, setzt er sich an sein Klavier oder spielt Klarinette. Er macht aber nicht nur Musik, sondern hört sie auch gerne – am liebsten Jazz. Günther Jakobs wohnt und arbeitet in Münster.

TATORT GESCHICHTE

Historische Ratekrimis

Geschichte erleben und verstehen!

Weitere Titel aus der Reihe:

· Der Mönch ohne Gesicht
· Gefahr für den Kaiser
· Spurensuche am Nil
· Anschlag auf Pompeji
· Falsches Spiel in der Arena
· Fluch über dem Dom
· Der Geheimbund der Skorpione
· Rettet den Pharao!